ハーレクイン文庫

すれ違い、めぐりあい

エリザベス・パワー

鈴木けい 訳

HARLEQUIN
BUNKO

THE MILLIONAIRE'S LOVE-CHILD

by Elizabeth Power

Published by Harlequin Japan, a Division of K.K. HarperCollins Japan, 2025

すれ違い、めぐりあい

◆主要登場人物

アニー・タルボット……細密画家。
ショーン……アニーの息子。
サイモン・タルボット……アニーの父。
ジェーン・タルボット……アニーの母。
ウォレン・マドックス……アニーの元婚約者。
カトリーナ・キング……アニーの友人。
ブラント・キャドマン……大手スポーツ店の経営者。
ジャック……ブラントの息子。
ナオミ・キャドマン……ブラントの亡き妻。
フェリシティ・キャドマン……ブラントの母。
コニー・ベックス……ブラントのコテージの家政婦。

1

「まさか、嘘よ！　信じるものですか！」

衝撃的な告白をはねつけるようにアニーは男性に背を向け、むきだしの肩をこわばらせて窓辺に立った。ロンドンのテラスハウスの小さな裏庭を途方に暮れたように見つめる。低い塀の上で、毛足の長いぶち猫がよそものの侵入を寄せつけまいとして、身構えるようにうずくまっている。

「たちの悪い冗談に決まってるわ。あなたの作り話でしょう？」

「残念だが本当だ、アニー」彼女の背後から聞こえる男性の声は優しいけれど、容赦ない。

「もっと楽に伝える方法があれば、そうしていた」

「私にわからなかったと思うの？」アニーは青ざめた卵形の顔に驚きと困惑の表情を浮かべ、男性に向き直った。レイヤードカットの豊かな黒髪が肩の上ではねた。

男性の緑がかった金色の瞳に何かがかすめるのをアニーは目にした。同情だろうか？

みごとな仕立てのダークスーツに身を包み、力強い顎とわし鼻とつややかな黒い髪をした彼のいかめしい顔つきがやわらいだ。

「そんな間違いに気づかなかったわけがないでしょう？　自分の子供がわからないとでもいうの？」

「アニー……」彼は手をさしだして近づこうとしたが、彼女はかたくなに拒み、紫色の小さなトップとジーンズの下で体を震わせている。「さぞかしショックだろう」

「当然でしょう！」アニーは嚙(か)みついた。慰めたいなら、今の話を撤回して！

彼は広い肩をわずかにすくめ、重いため息をついた。「僕が苦しまなかったと思うのか？」

澄んだ目の端のしわや、ブロンズ色に焼けたなめらかな頰が苦痛で張りつめている様子が、以前知っていたころより彼を精悍(せいかん)に見せていた。いいえ、本当に知っていたのかどうか。アニーは彼の帝国を動かす歯車の一部でしかなかったのだ。

ブラント・キャドマン。三十五歳にして〈キャドマン・レジャー〉の経営者。彼の名前は直営小売店、スポーツジム、スポーツウェアの工場など、一連の事業に冠され、アニーとウォレンが勤めていた会社もそのひとつだった。それは彼女がウォレンの裏切りにあって屈辱を味わい、仕事を辞めざるをえなくなる前のこと。彼女が子供を授かる前のことだ。

そして今ブラントは、この二年間アニーが育ててきた子供は彼女の子ではなく、彼とほかの女性のあいだにできた子供だと言っているのだ。ブラントの息子が旅先のスペインでウイルスに感染し、生まれた病院で血液検査をしたところ、カルテに食い違いが見つかったという。

アニーの目に熱い涙がこみあげた。打ち消すように首を振ると、前髪がまつげに触れた。

「違うわ、ショーンは私の子よ！　ずっとそうだった！」二十五年の生涯でこんな受難をこうむるとは、誰に想像できただろう。

アニーの体がふらつくのを見て、ブラントはすばやくあたりを見まわした。彼女がさっきまで使っていた絵筆や細密画の水彩道具がのったテーブルのそばの椅子を引き寄せ、彼女の肩をそっと押す。「アニー、座ってくれ」

言われるまま、彼女はぼんやりと腰を下ろした。

「僕も話を聞いたときは信じたくなかった」ブラントの声には、そのときの激しい苦痛がむきだしになっていた。「でも、きみの顔を見たとたん、疑う余地はなくなった」

どういうこと？　アニーはすばやく首を傾け、ブラントの顔を見た。苦痛と困惑がせめぎあう。彼が育ててきた子供が私に似ているというの？　やっぱりその子は私の子供に違いないと？

アニーはふたたび首を振った。そんなことありえない。息子は隣の部屋ですやすやと昼寝をしている。ショーンは私のもの、私の子供だ。

「あなたがわが子と思っていた赤ん坊がそうでなかったのは、わかったわ。だからといって、なぜショーンがあなたたちの子だっていうの？」当惑や衝撃が怒りに変わった。「人の子供をとりあげに来るなんて、よくもそんなまねができるわね。病院側に頼まれて、それで来たの？」

「いや」ブラントは両手をポケットにすべりこませた。ぱりっとした白いシャツの胸が、息を吐きだすのを忘れたかのように張りつめる。「きみから子供をとりあげるなんて、断じてしたくない」

アニーは喉をごくりとさせた。彼と同じく息をするのが難しかった。

「ジャックの血液型がパソコンの記録と一致しないので、病院が電話してきたんだ。ナオミと僕にはジャックのような血液型の子供は生まれないらしい。二年前の同じ日に生まれたなかで、僕らの子供としてふさわしい血液型の子はひとりしかいなかった。きみの息子だよ、アニー。僕らの赤ん坊は病院を出る前にとり違えられたんだ」

「そんな！　病院はあなたに私の名前を、患者の名前を教えちゃいけないはずよ！」

「そのとおり」彼は足元に視線を落とした。「事実、息子の母親、彼ら流に言うと〝生物学上の母親〟の身元は明かせないと言われた」

生物学上の母親？

裏庭から猫の低いうめき声があがった。熾烈（しれつ）な縄張り争いが今にも始まりそうだ。

「だったら、どうしてあなたはここに来たの？」元社員で、男に捨てられた哀れなアニー・タルボットが、妻と同じ日に出産したのを、ブラントは二年前に知っていたの？　ナオミ・キャドマンが息子を出産して二十四時間以内に死んだことは、友人から聞かされている。「私には病院から連絡がないわ。あなたのばかげた想像が事実なら、私にも連絡があるはずでしょう？」

「連絡するところだったらしい。想像なんかじゃないんだ、アニー。想像だったらどんなにいいか。これは事実なんだ。これから病院が確認をとる」

「でも……彼らは名前を明かせないと言ったんでしょう。そんなことをしたら法に触れるもの」

「明かしたわけじゃない。オフィスに呼ばれて、しばらくひとりでいたとき、パソコンがつけっぱなしになっていたんだ。僕だって聖人君子じゃないからね」

「パソコンの記録を見たのね？」アニーはとがめるような目でにらんだ。電話に駆け寄りたかった。ブラントがあの日出産した患者のデータのなかから私の名前を探りだしたことを、病院に知らせるのよ。

「そうじゃないよ、アニー。たまたま画面をのぞいただけさ。そこにきみの詳細がのっていた。よその子供を渡すような病院だ、管理がずさんなのも不思議じゃない」

よその子供。その言葉には彼の怒りがにじんでいた。これはでたらめではないのかもしれないとアニーも感じはじめた。

開け放した窓から、ふいに低いうなり声が重なって聞こえてきた。

「パソコンの記録にはきみの住所まで記されていなかった。ここはカトリーナ・キングから聞いたんだ」彼は狭く質素な部屋を見まわした。この住まいを好ましく思っていないのがわかる。「〈キャドマン・スポーツ〉にいたころ、きみが彼女と親しかったのを思い出して」

「息子さんにDNA検査を受けさせたの？　それとも実の親であることを証明する最新式の検査でも？　とり違え事件があったことに確信が持てるのは、そういうわけ？」

「検査は受けていない」ブラントはぴかぴかに磨いた黒い靴にふたたび視線を落とした。

「まだ」

「どうして？」きいておきながら、アニーは彼の緑がかった金色の瞳に答えを見た。

もちろん彼は知りたいと同時に知りたくないのだ。そういう検査で何がわかるか急に気づき、アニーは衝撃を受けた。ブラントの息子がナオミの産んだ子でないのなら……。

アニーは凍りつき、パレットやら絵の具やら、彼女の生活の糧となっている道具がのったテーブルを見つめた。彼女にしても、知りたい気持ちはあるものの、真実に直面することには尻込みしてしまいそうだ。ショーンが自分の息子ではないことを確かめるなんて、とうてい耐えられない。

隣の部屋で小さな物音がし、アニーはびくっとした。二人の話し声で、あるいは猫のうなり声で、ショーンが目を覚ましたようだ。物音は長く続かず、ふたたび静まった。明るい色に塗られたドアのすきまからのぞくと、ショーンは眠っていた。アニーはそっとドアを閉めた。

「寝顔を見てもいいかな?」

すぐ背後にブラントがいたのに気づいて、アニーは息をのんだ。百六十二センチしかない彼女は、ゆうに百八十センチ以上ある彼のそばで、ひどく小さく感じた。

「だめ!」急いでドアを押さえる。突然、家の外で激しい音がした。猫の縄張り争いだ。猫も自分の領土を、大切なものを守ろうとしている。「今はだめよ」言ってからアニーは後悔した。もっとなだめるような口調で言えばよかったと。

ブラントが頭を傾けると、窓からさしこむ光に髪が明るく輝いた。「わかっている」

本当に? 彫りの深い顔にくっきりとしわが刻まれているのを見ると、彼は精いっぱい自分を抑えているのだろう。コロンのかすかな香りと、たくましい体のぬくもりが伝わるほど、ブラントは近くにいる。悪夢のような苦悩のなかで、アニーは彼の強烈な性的魅力に気づいてショックを受けた。自分がまだ世間知らずだったころ、この男性とどんなばかなまねをしでかしたか。

だけどあれは昔の話。彼が華やかな独身生活に終止符を打ち、洗練された魅力的なナオミ・フォックスと結婚する前のことだ。

「カウンセリングを受けることもできるよ」ブラントは言った。「僕はそう言われた」

でも、あなたはそれを断った。もちろん、そうよ。ブラント・キャドマンを分析したり指導したりできる者などいるわけがない。

アニーは大げさに肩をすくめた。「カウンセリングなんかいらないわ。その……あなたに出ていってほしいだけ」

「きみをひとりにしておくわけにはいかない」ブラントは気づかわしげな表情をしている。

「いいえ、ショーンがいるわ」アニーはさっと顎を上げた。「あなたが何を言おうと、あの子は絶対に手放さないから」

彼は何か言い返そうとしたが、いったん唇を引き結んでから答えた。「僕はジャックに最善のことをしてやりたいんだ。きみがショーンにしてやりたいのと同じだよ。こんな衝撃的な話は理解するまで時間がかかるだろう。でも、僕らは話しあわなければならない。明日また来る」

彼の話が本当なら、来ないでとは言えない。それでもアニーの茶色の瞳には恐怖がにじんだ。

「大丈夫だよ、アニー」ブラントは彼女の形のいい鼻や、ふっくらした唇、優しい丸みをおびた顎に視線を走らせた。長い首、なめらかな肩の線、初夏の陽光で少し焼けた肌。彼女の目に視線を戻し、彼はそっと言った。「大丈夫だろう?」

アニーはうなずいたが、ブラントがなぜ気づかっているのか不思議でならなかった。彼は自分の息子、あるいは自分の息子だと思っている子供のことしか関心がないはずなのに。

彼が帰ると、アニーはあわてて寝室に入った。

ショーンは小さいベッドのなかでもぞもぞと体を動かしていた。猫の喧嘩(けんか)に眠りを妨げられたのかもしれないが、今はすっかり落ち着いている。かわいいレースのカーテン越しに、縄張り争いに勝った愛猫のバウンサーが塀の上を意気揚々と歩いていくのが見える。

ここに両親がいたらどう思うだろう。彼らは遠く離れたニュージーランドにいる。

三年あまり前、建築家の父親は早々と引退し、母と二人でニュージーランドに移住することにした。彼らはアニーもついていくことを望んだが、彼女はウォレン・マドックスと熱烈な恋に落ちたばかりだった。激しい情熱と夢にあふれ、会ってわずか半年後には結婚する予定だった。

結婚式の二週間前、ウォレンが販売促進の仕事で会った新進モデルのキャロライン・フエンに乗りかえたとき、ジェーンとサイモンのタルボット夫妻はニュージーランドに来るよう娘を説得しようとしたが、彼女はきっぱり断った。何事もなかったようにそれまでどおりの生活を続けたかった。実際は、思いがけない仕打ちで受けた傷をひとりになって癒(いや)したかったのだ。

ショーンを出産すると、アニーの母親はいてもたってもいられず、娘の反対を押し切ってニュージーランドからやってきた。二週間後、アニーは複雑な心境で母親を見送った。それから半年して、彼女は子連れでオークランドに飛び、両親とクリスマスを過ごし、一カ月後イギリスに戻った。あれからもう一年半近くたっている。

アニーは電話で父親の思慮深い声を聞きたくてたまらなかったが、必死にこらえた。ニュージーランドは今、深夜だし、自分は悩みをすぐ人に相談できるタイプでもない。

ショーンのはしばみ色の目が開き、彼女を見てにっこりした。アニーは胸がいっぱいになり、息子を抱きあげた。やわらかいパジャマを着たショーンは愛らしく、温かかった。何もかもうまく解決する。この子は私の父と同じ耳をしているし、笑い方も肌の色も私にそっくりだと誰もが言う。

だが腕のなかのわが子を見つめるうちに、アニーはブラント・キャドマンの人を威圧するような力強い容貌(ようぼう)を思い浮かべていた。

翌朝、病院から手紙が届いた。至急連絡してくれという内容だった。

電話をかけると、病院側はアニーの家を訪ねたいけれど明日はどうだろうと言った。彼女はこちらから出向くと言い張った。今日じゅうに行くと。

アニーは話の内容を知っているとは言わなかった。ブラント・キャドマンの名前も出さなかった。口にしなければ、この悪夢が真実みをおびずにすむかもしれないと愚かな望みをいだいたのだ。

しかし、病院から手紙が来る理由がほかにあるだろうか。ブラントが出直してくると言っていたので、彼女はその前に家を出たかった。赤ん坊のとり違えがあったことを明言されるまで、彼と顔を合わせる自信がない。彼はアニーが大切にしているものを脅かす存在なのだ。

「ブラント・キャドマンがうちに来たのは知っているわよね」二時間ほどショーンをあずかってくれと電話で頼んだアニーに、カトリーナ・キングは言った。アニーより一歳年上の彼女は、フリーのスポーツウェア・デザイナーとして自宅で仕事をしている。子供が好きで、アニーがベビーシッターを頼むときは喜んでショーンの面倒を見てくれる。「私のメールを見てないの？」

見ていなかった。ブラントの来訪で気が動転し、メールのチェックを忘れていた。

「彼はいつ訪ねてきたの？」アニーにはそれしか言えなかった。

「きのうのお茶の時間よ。相変わらず男の色気がいっぱいだったわ。なんの用だったの？」

「会いに来ただけよ」その返事がいかに嘘っぽいかわかっていたが、今はブラントの訪問の真の理由を親友に打ち明ける気になれなかった。

「やっぱり」カトリーナの声には警戒と羨望（せんぼう）がにじんでいる。

アニーは聞き流した。「じゃあ、またあとで」彼女はすかさず電話を切った。

ショーンを目の届かないところに置きたくなかったが、カトリーナと一緒なら大丈夫だ。彼女の家は車ですぐなので、十五分後にはショーンを無事にあずけ、アニーは郊外を抜けて病院に向かおうとした。ところが、病院からの手紙を家に置き忘れてきたことに気づいた。これから会う人物の名前も覚えていない。

しかたなく家に戻って手紙を持ち、階段を駆けおりて、紫色の小型車に向かおうとしたとき、紺色のメルセデスが急停止した。

ブラント・キャドマン！ 運転しているのが誰か見なくても彼だとわかる。そんな車が彼女のつましい家の前に止まることなど、めったにない。

大型車から降りたった彼を見るなり、アニーは全身が緊張するのを感じた。

「おはようございます」

彼女がうろたえているのに気づいて、ブラントはしげしげと眺めた。

「出かけるところかい？」

カジュアルなグレーのポロシャツと淡い色のチノパンツという装いのブラントは、とても魅力的だ。

「例の手紙が今日来たの」アニーは自分の車に近づいた。「これから病院に行くわ」嘘をつくわけにはいかなかった。ブラントの引きしまった体に行く手を阻まれ、彼女はどぎまぎした。

「じゃあ、僕の車に乗ればいい。一緒に行こう」

「いやよ！」まるで怯えた女子高生のようだ。

「アニー」ブラントはいらだたしげにため息をついた。「きみを傷つけたりしないさ」

彼は心からそう言っている。でもアニーはかつて彼に傷つけられた。

「人の手を借りたくないのよ」

「そんなばかな。話を聞いたあとだし、ひとりはつらいに決まっている」

ブラントはすでに考え、悩みぬいたのだろう。だけど彼がよその赤ん坊を受けとったからといって、私もそうだと言える？　彼はパソコンで私の名前を見つけた。私は彼の妻と同時期に、あの病院で出産した。けれど、ほかにも出産した女性はいたはずだ。それに血液検査は百パーセント正確だと言えるの？

「おいで。僕が運転するよ」ブラントは言い張った。結局、彼女は従うしかなかった。

緊張のあまり、アニーは平静を失い、病院への車中、彫像のように動かずにいた。それでもブラントが絶えず話しかけてくるので、思いつめずにすんだ。彼がアニーの気持ちを解きほぐそうとしているのがよくわかる。

「ショーンはどうした？」

きかれたアニーは不安で気分が悪くなり、死ぬほど怯えた。「カトリーナにあずけてきたわ」

アニーはブラントがショーンに会うことを要求すると思ったが、彼はこう言っただけだった。「彼女と仲がいいんだね。きみたちはどこで知りあったんだ?」

「美術大学で一緒だったの。彼女は私より先に卒業したわ。彼女が〈キャドマン・スポーツ〉のアート部門に空きがあることを教えてくれて、それで私も職を得たの」

「きみは今、どんな仕事をしているんだ?」

「水彩の細密画を描いてるわ」なじみの販売店が二つある。エセックスの小さな画廊と、もっと小さな村の、工芸品を展示販売する喫茶店が。

「見返りはあるのか?」

アニーは顔をしかめてブラントを見た。「経済的にという意味?」彼にとって、それがいちばん重要なことなのだろう。

しかしブラントは言った。「そういう意味じゃなくて」スピードを落とし、赤信号の前で止まる。

「精神的に、という意味?」アニーのまつげがさっと上がった。「それとも生計として?」

「そう突っかからないでくれ」ブラントは彼女のやんわりとした皮肉に気づいた。「それは見返りのもっとも大事な形じゃないか?」

「そうよ」アニーはその言葉で質問のどちらにも答えた。彼女は経済的にはどうにか食べていたし、ショーンを見知らぬ他人にあずけてまで働くつもりはなかった。子供の面倒はひとりで見ると最初から決めている。

そう、私の子供だ。そして今、ブラントはアニーを車に乗せ、その権利を永遠に奪うかもしれない場所に運んでいる。

いやよ！　彼女はふたたびうろたえ、吐き気をもよおした。顔が青ざめていく。

「大丈夫か？」ブラントがそっと尋ねた。

アニーは彼の鋭い横顔を一瞥(いちべつ)した。「ええ、気分は最高よ。どんな気分だと思うの？」

彼女はブラントに食ってかからずにはいられないほど傷つき、憤慨し、最悪の気分だった。

彼が一瞬顔を向けたとき、その目には深い気づかいがあった。

「そうだよな」ブラントは道路に目を戻し、歯を噛みしめるようにして言った。「愚問だった」

「ごめんなさい」アニーに言える精いっぱいの謝罪の言葉だった。そばにブラントが座っているので、彼女は神経過敏になっていた。彼の長くて形のよい指が方向指示器の上をすばやく動くさまや、ハンドルをまわすたくましい腕が気になってならない。

ブラントがふたたび彼女に向けたまなざしには気づかい以上のものがあった。

「何か？」アニーは尋ねた。

「最初に会ったときも、きみはその色の服を着ていた」ブラントはアニーが身につけたロイヤルブルーのトップに目をやった。細いウエストがクリーム色の幅広のベルトできゅっと締まっている。「明るく、はつらつとした若い女の子そのものだった。あざやかな青のブラウスと黒いミニスカートを身につけ、十センチはあるハイヒールをはいていた。よくそんなヒールで格好よく立っていられるものだと感心したよ」

それでは、あのとき、彼の目は私に釘づけになっていたのだ。アニーは彼に関心を寄せられて心がときめいたことに気づき、ショックを受けた。けれど、あれはアニーがまだ無邪気だったころのこと。男性がどんなに簡単に愛を誓うか、女性がどんなに簡単に女性であるがゆえの罠に陥るか、まるで知らなかった。そして、あれは彼女がウォレンに捨てられる前のこと。彼があのきれいなモデルに走ったことに、恥ずべき方法で抵抗する前のことだった。

「たぶん慣れよ」アニーはそっけなく答えたが、胸はどきどきしていた。

これも彼女の気持ちを大事な問題からそらすためのブラントの配慮なのだと思ったとき、彼が呼びかけた。「さあ、着いた」

もし百五十歳まで生きたとしても、こんな運命のいたずらに翻弄されることはなかっただろう。

2

やはり、何もかも事実だった。少なくとも病院側はアニーにそう告げた。もちろん、さらに徹底的な検査をする必要はある。

それにしても、出産の際に自分の赤ん坊と他人の赤ん坊がとり違えられたなんてことが、どうして起こったの？　しかもただの他人ではない。ブラントだ！　アニーは階段の最後の一段をおぼつかない足どりで下りた。

ブラントがエレベーターを呼ぼうとしたが、彼女は階段で下りると言い張った。ショーンが実の子供ではないと言いわたされたのだ。並のショックではない。アニーは歩きながら考えをまとめ、平静をとり戻したかった。

ブラントがガラスのドアを開け、アニーは六月のまばゆい日差しのなかに出た。

〝検査で最終的な結果が出たら、親権問題のことで弁護士を立てられますよね〟病院の女性職員が、まだこの事実を受け入れられなくて呆然としているアニーに言ったとき、ブラントが代わりに憤然として答えた。

〝弁護士はいらない。僕らのあいだで解決する〟

僕らって？　アニーは混乱していたので、その場はブラントにまかせるしかなかった。

〝どうしてこんなことが起こったのか、査問委員会にかけて、突きとめなくてはいけません〟話を引き継いだ、縁なし眼鏡をかけた不安そうな顔の男性職員に、ブラントは怒りを炸裂させた。

〝当然だろう！　ただちに調査を始めないなら、僕がする。あなたたち病院側にとっては、経営にちょっと支障をきたす程度のことかもしれないが、僕らは人生がひっくり返ったんだ。きちんとした返事をもらわなければ気がすまない！〟

ブラントの表現はおとなしい。アニーの人生はひっくり返ったどころではない。きのうから自分の人生が一本の糸でかろうじてぶらさがっているような心地だった。今その糸がぷつんと切れ、人生が地面にたたきつけられて粉々になってしまったのだ。

「おいで」ブラントが優しく言い、彼女の肘をつかんだ。「何か飲みに行こう」

彼は病院から歩いてすぐの小さなビストロにアニーを連れていった。ランチタイムを過ぎていたが、店はまだ客のおしゃべりでにぎやかだった。

「なぜこんなことが起こったの？」ひとつだけあいていた二人用の小さなテーブルに着い

たアニーはつぶやいた。細長いグラスからグレープフルーツジュースを飲むと、ほろ苦く冷たい液体が舌を刺激し、ぼんやりした頭を目覚めさせてくれる。「こんなことが自分に起こるなんて信じられない」

「誰もがそう思っている」ひどく冷静な口調だ。さっき病院で目にしたブラントの怒りは、火加減を調節するように抑えられている。

アニーはグラス越しに、濃いブラックコーヒーを口元に運ぶ彼を見つめた。いやでも筋肉質の力強い手に目が行く。私はこの手がどんなふうに愛撫(あいぶ)するか知っているし、彼の体の下になったときの胸躍る感覚も……。

彼女は落ち着かなげにグラスをコースターに戻したが、すべてお見通しだというように見つめられて、どぎまぎした。

「あのパーティのあと、土曜日の朝、どうして突然姿を消したんだ？」彼はだしぬけに尋ねた。「誰にも何も言わずに」

アニーははっとしてブラントを見た。そんな話を今になって持ちだすの？

「上司の家に電話して辞職を願い出たという以外、誰もきみがどうしたか知らないようだった」

アニーは鼓動が速くなるのを感じた。彼は私を捜そうとしたの？　体がじんと熱くなる。彼女は肩をすくめた。

「フランスへ行ったの、果物狩りに。気分転換と息抜きを兼ねて」自尊心をとり戻し、屈辱から立ち直る時間が欲しかったのだ。「収穫シーズンが終わってからは、南部をヒッチハイクしてまわったわ」

「のどかだな」

「ええ、そうよ」

「そんな計画があったのなら、なぜ教えてくれなかった？」

計画などなかったからよ。あれは、ただ逃げだしただけ。「大したことじゃないと思ったから」

「なんだって……」ブラントは目を光らせた。「あんなことを分かちあったあとで？」

思い出させないで。「分かちあった？」

ブラントは歯を食いしばっている。「わかっているだろう」

なぜそんな話を持ちだすの？

アニーは平静をつくろった。「あれは反動でしたことよ。それにあなたはナオミと愛しあっていたんでしょう、あのあとすぐに彼女と結婚したんだから！　アニーのプライドは傷ついた。「あのとき、彼女は妊娠していたの？」

しばし返事はなかった。アニーは、砂糖も入っていないのにカップのなかの液体をスプーンでかきまぜるブラントを見ていた。

「僕たちの子供は同じ日に生まれた」テーブルのわきを通りすぎた二人の客を見上げてから、ブラントは受け皿に戻したスプーンに目をやった。「きみは同じことをきかれたら、どう答える?」

彼の口調はさりげなくても、まなざしはひどく真剣だった。アニーの頬が赤らんだ。

彼はあのとき用心して、きちんと避妊した。言葉を失うのはアニーの番だった。

避妊ピルをのむようウォレンに言われたとき、彼女は肺の感染症に効く抗生物質をのんでいると避妊の効果が弱まることを知らなかった。実際、そのとおりになった。

「きみが妊娠したのは、彼との関係が壊れかけているときだった」当時を思い出して惨めになり、気持ちを隠そうとまつげを伏せたアニーに、ブラントはなおも尋ねた。「彼とよりを戻さなかったのか?」

「ええ」

「だけど彼は、きみが自分の子供を産んだことは知っているんだな?」

「ウォレンにはモデルの恋人がいたのよ。私がどうなろうと、彼が興味を示すわけがないでしょう」

「じゃあ、彼に話していないのか?」

「この問題に彼を巻きこむ理由はないわ」アニーは首を振ってグラスを下ろした。テーブルの向かいから彼女を見つめる目は謎に満ちている。

ブラントに身を投げだしたときのことを思い、アニーは顔を赤らめた。どんなにみだらな女だと思われただろう。だが、彼との一夜限りの行為はいつものアニーらしくなかった。彼女の両親は生涯に相手はひとりだけだと言っていた。彼らはそれを貫いた。ウォレンに欺かれるまで、アニーは自分も両親と同じ道をたどるものと思っていた。

遠く離れた異国の地で、コロニアル風の小さな家に暮らす両親の姿を思い出す。父は腰の手術で動けない体にひそかにいらだち、過保護な母は夫の世話を焼きすぎている。けれど、二人は自分たち家族の生活をがらりと変えてしまう衝撃的な事実が控えていることを、まだ知らない。そう思うと、アニーの目は不安で陰り、額にしわが寄った。

「何を考えているんだ？」ブラントが空になったカップをテーブルに戻した。

「両親がどう思うか、考えていたのよ」

「孫の本当の父親がウォレン・マドックスじゃなくて、僕だと知ったら？」

彼の言葉に一瞬、アニーは心がぐらついた。

「あなたとナオミの子供だと知ったらね」ゆっくり落ち着いた声で言う。

「ああ」ブラントが声を震わせたので、アニーには彼がいかに妻を愛していたかよくわかった。

ブラントの妻が彼の車に乗りこむところを遠くから見かけたときのことをふと思い出した。とび色のショートカットの髪に黒いサングラス。驚くほど背が高く、ブラントと二、三センチしか違わなかった。当時はナオミ・フォックスといい、美しく、知的で、洗練され、あとで社内の友人から聞いた話では彼女はブラントをめろめろにさせ、赤ん坊を産んでまもなく出血多量で命を落としたらしい。

アニーは彼の不運を考えずにいられなかった。愛する女性を失ったばかりか、これまで育ててきたのが妻とのあいだにできた子供ではないと知らされたのだ。

ブラントが育てているのはアニーが産んだ子だ。彼女はふいに、その子を見て事実を認めたい激しい衝動にかられ、息が止まりそうになった。

「僕の母にとってもつらいことだ」

彼の母親？　驚くべき言葉にアニーは現実に引き戻された。彼の両親のことなど考えもしなかった。これは二人だけの問題ではなかったのだ。アニー自身の両親もいる。ほかにも困惑し、心配する親類縁者はいるだろう。ブラントには兄弟姉妹はいるのだろうか？　ナオミのほうは？

隣のテーブルで携帯電話が鳴り、甲高いメロディが彼女の物思いをさえぎった。

「ナオミのほうはどうなの？　彼女のご両親は知っているの？」

「ナオミは孤児だった」

「まあ」

「知っているのは、うちの母と僕だけだ」

「お母さまはどう受けとめてらっしゃるの?」

「うろたえている。当然だ。ジャックが生まれてからずっと、母はわが子のように面倒を見てきた。母はジャックを手放さないでくれと言っている」

「あなたはどうなの?」アニーは恐怖をあらわにした。彼が自分の育ててきた子供をあきらめるつもりなら、アニーはショーンの親権のための訴訟にそなえなければならない。彼女は容易に子供をあきらめるつもりはないから。

「きのうも言ったが、僕はどちらの子供にとっても最善の方法をとりたい。情や義理をさしはさむべきではない」

あなたにとっての最善の方法とは何? 二年間築いてきた、かけがえのない家庭から子供をもぎとっても、〝生物学上の親〟と暮らせれば、家族も子供も傷つかないというの?

「ショーンを迎えに行かなくちゃ」周囲の目も気にせず、アニーは勢いよく立ちあがった。息子のことしか頭になかった。

店を出ると、彼女は排気ガスで汚れた空気にあえいだ。今すぐカトリーナの家からあの子を連れ帰らなければ! ショーンをこの手で抱きしめたい。安全を確かめたい。

そのとき、肩に力強い手がかかり、アニーは飛びあがりそうになった。

「一緒に行こう」ブラントが車のエンジンやクラクションに負けない大声で言った。

「地下鉄に乗るからいいわよ」アニーは声を震わせた。彼から逃れたかった。「私の車にはチャイルドシートがついてるから、あの車で迎えに行くわ。あなたの車にはないでしょう。ないと危険よ」

「もっともだ。でも、きみの今の精神状態では、地下鉄に駆けこむのも、車を運転するのも、もっと危険だ」ブラントは真剣な顔をしている。泰然とした態度が彼女の動揺をさらに際立たせた。「トランクにジャックのチャイルドシートが入っている。一緒に行こう。問答無用だ」


「まあ、驚いた」ストロベリーブロンドの短い巻き毛が魅力のカトリーナは、ブラントとともに庭の小道を歩いてきた友人に、声をあげた。大型車が家の前に止まるのが目に入ったらしく、我慢できずに迎えに出たのだ。彼女は大きな青い瞳に称賛の色を浮かべてブラントを見た。「彼女を見つけたのね」悩みの種のそばかすが浮いた頬が染まった。

「ああ、ありがとう、カトリーナ。きみのおかげで目的が果たせたよ」

「どういたしまして……」自分のしていることがわかってるんでしょうね、という警告をこめてカトリーナはアニーに視線を戻した。

アニーはあわてて言った。「カトリーナ、ショーンは無事?」

友人の顔に物問いたげな表情が浮かんだ。「無事に決まっているじゃない」

アニーは大きく息を吸いこんだ。なんてばかだったのだろう。神経過敏になりすぎている。それでも小さな足音がぱたぱたとして、淡い褐色の頭がカトリーナの背後から現れると、顔をほころばせずにはいられなかった。

青と赤のチェックのシャツにデニムのオーバーオールという格好の、もう赤ん坊とは呼べない男の子がまじめくさった顔で母親の隣のブラントを見るなり、ぴたりと足を止めた。

「きみがショーンか」ブラントは男の子と同じ目の高さになるよう身をかがめた。

アニーの視線は、ブラントからよちよち歩きの息子に移った。これは目の錯覚？　それとも、いくら打ち消そうとしても消せないほど、二人の顔はよく似ているの？

ブラントがショーンに話しかける声がかすれている。彼は心の葛藤（かっとう）を隠しているのだとアニーは思った。息子は急にはにかみ、カトリーナのスラックスに隠れるようにしがみついた。

カトリーナが笑い声をあげる。

「大丈夫よ、ショーン」アニーが優しく言うと、幼子は危険はないと思ったらしく、ふたたび前に飛びだした。はしばみ色の目で物珍しそうに、けれど探るようにブラントを見つめる。

「カト！　フィッシュ！」子供は誇らしげに言った。「カト！　フィッシュ！」

「なまず（キャットフィッシュ）？」ブラントの笑顔は優しく、厳しい表情がやわらいだ。ポロシャツの下の肩は驚くほど広く、チノパンツをはいた腿は張りつめている。

「カト、フィッシュ」二歳の男の子は今度はじれったそうに言った。息子が何を言いたいのか気づいて、アニーは思わずほほ笑んだ。

「新しいよだれ掛けにカトリーナが蛸(たこ)の刺繍(ししゅう)をしたんだわ」水色の地に明るい黄色の糸で、目と脚がばらばらになって刺繍されていた。子供には蛸も魚だ。友人はいつもそんなことをしてくれる。アニーはなんとか笑おうとした。「やりすぎよ、カト!」

「そんなことないわ」カトリーナはにやにやしている。「愉快なかわいい蛸よ」彼女は蛸のまねをしてみせ、金切り声をあげてショーンを通路に追いたてた。「おまえをがぶりとのみこんで、ぺっと吐きだすのは、お偉いさん(ビッグフィッシュ)だけよ。ね、シーニー?」

　一見たわいのない戯れだが、アニーはブラントの鋭いまなざしに身を切り刻まれる思いだった。カトリーナの言葉の意味はわかっている。

　ブラントの車で家に向かう途中、ひと言も会話はなかった。ショーンは後部座席につけられたチャイルドシートにおさまり、静かに眠っている。

「カトリーナのことは悪かったわ。ときどき単刀直入な言い方をするの」彼が黙って運転しているので、アニーは何か言わずにいられなかった。

「僕らのことを彼女になんと言ったんだ?」ブラントは横断歩道の手前で車を止め、中年の女性を渡らせた。「こまかい点まで何もかも教えたのか?」

「まさか!　彼女の当て推量よ」

「男に裏切られたばかりの女性とベッドに入ったとか、マドックスと同じように捨てたとか?」

いいえ、ウォレンとは違う。ブラントはアニーに何も約束しなかった。彼はただ狂おしいほどすばらしい夜をくれただけ。あの夜は少し飲みすぎたとはいえ、彼女には自分のしていることがわかっていた。事実、愛撫の手を止めたのは彼のほうだ。失恋の痛手を受けた女性を誘惑するつもりはないと彼が言ったのに、アニーは行かないでと懇願したのだった。

「カトリーナは親友なの。彼女は私を心配しているだけ。あなたは、彼女が私の息子をシーニーと呼ぶのがいやだったんでしょう」

アニーが〝私の息子〟と強調して言ったせいで、ブラントは顎をこわばらせた。

「もういい。ひどい試練を受けて、二人ともいらだっている。このうえ、いがみあうのはよそう」

アニーは無言でうなずいた。二人のあいだの緊張がいくらかやわらいだようだった。

車が家の前に着くと、アニーは先に降りて、慣れないシートからショーンを解放しようと後部座席に手を伸ばした。

「僕にまかせて」

ブラントが身を乗りだしてショーンのベルトを手際よくはずした。幼子は眠りこんでいる。

「いいかい？」ブラントがささやく。

アニーは息を吸い、うなずいた。

ブラントは眠っている子供を抱きあげた。その顔に感情がむきだしになっている。アニーは苦しいほど喉が締めつけられた。

陰りを帯びた目で探るように幼子を見て、彼は何を思っているのだろう。愛した女性に似たところ？　小さな鼻は彼譲りだと思っているの？　金色の筋の入った黄褐色の髪は、容易に推測できるようにアニーのものでもウォレンのものでもなく、彼の妻から受け継いだものかもしれないと？

ふたたび恐怖がこみあげてきた。かけがえのない子供を失うかもしれないという恐怖が。

アニーは部屋に入るなり、ブラントから息子をとりあげた。

昼寝のためにベッドに寝かせ、キッチンで彼女の足首にまつわりつくバウンサーに餌をやって、ブラントのいる居間に戻る。

ブラントは彼女の細密画を熱心に眺めていた。そこには風景画もあった。薄暗い岬と蒸気機関車の上に夕日が沈んでいく光景が描かれ、遠い丘陵の切り通しの上に機関車の青い煙がたなびいている。

「いい絵だな。どれもとてもいい」

いつもならアニーは喜んだろうが、今のこの状況では、自分の作品が評価されたということに、ささやかな満足を感じるだけだった。

「ありがとう」

「今度はきみにジャックと会ってもらわなければ」ブラントが背筋を伸ばすと、彼の存在感で小さな部屋がいっぱいになった。「たぶん、明日にでも」

「だめよ！」うろたえたアニーを見て、彼はいぶかしげな目をした。「まだ……無理よ」体も声も震えている。「心の準備ができていないわ」

アニーは自分の産んだ子供がどんな顔をしているか、知りたくてたまらなかった。けれど、その子に会えばひどい苦しみを味わうこともわかっている。

彼女の顔は急に青ざめた。ぴちぴちのタンクトップと七分丈のスラックスに身を包んだ華奢（きゃしゃ）でかよわそうな姿は、心労で憔悴（しょうすい）しきっている。

ブラントが大股に二歩近づくと、アニーはあっというまに彼の分厚くたくましい胸に頬を当て、腕に抱かれていた。

静まり返った部屋のなかで、彼の確かな鼓動が聞こえる。キッチンのほうから猫の出入り口の戸が開閉する鈍い音がする。

アニーは顔を上げた。ブラントの緑がかった金色の目に浮かぶ要求に呼応するように、彼女の目にも同じ思いが浮かぶ。

アニーの唇に触れたブラントの唇はやわらかく、それは苦悩を分かちあう者同士の、互いを慰めるための、ためらいがちな口づけだった。

アニーは喉の奥でうめき、抑えきれずに彼の首に両腕を巻きつけた。

ブラントの息づかいが速くなる。彼はさしだされたアニーの体をぎゅっとつかんで抱き寄せた。

ブラントのキスは激しく官能を呼びさました。アニーは自分に残っているとは思わなかった情熱で応え、官能のオーラにのみこまれた。

いつのまにブラントは身を引いたのだろう。彼が自分の首からアニーの両手をはずさせると、彼女は小さく不満の声をもらした。

「だめだ、アニー。こんなことをしたら、ますます面倒なことになる」激しい口調や荒い息づかいから、彼も動揺しているのがわかる。「しばらくきみをそっとしておくよ。今日は大変な日だったが、きみはとくにつらかっただろう。きみには時間が必要だ。僕にもね。ちょっといいかな?」彼はショーンの寝室のドアを指さした。

アニーがうなずくと、ブラントは静かにドアを開け、戸口にたたずんで、眠っている幼子を眺めた。

やがてブラントはそっとドアを閉めた。

「また連絡する」感情を押し殺しているせいで声がくぐもっている。「それはそうと、きみの両親には電話したほうがいい。いずれわかることだ」

彼が帰ったあと、アニーはソファに沈みこんだ。

なぜあんなばかなまねをしたの？　優しく抱いたりキスしたりするくらい、男性にとって大した意味はないと、もう学んだはずでしょう！

しかし今日彼女がとった行動は、ブラントとの過去を呼びさました。


ブラント・キャドマンを見た瞬間から、アニーは彼の危険な魅力のとりこになった。当時、別の男性と婚約していたアニーは、そのことをもちろん認めなかった。だが、ブラントも彼女に関心を見せたことで、二重に心を乱された。

アニーが〈キャドマン・スポーツ〉のアート部門に勤めて数週間たったころ出会ったのが、ウォレン・マドックスだった。販売部門の若き管理職ウォレンはアニーを夢中にさせた。彼女の両親がニュージーランドに移住して一カ月後、ウォレンは彼女に結婚を申しこみ、二人は婚約した。

ウォレンは情熱家ではなかったが、思いやりがあって優しかった。少なくともアニーはそう思っていた。彼は頭も切れた。仕事の依頼人を相手にするときは少し計算高かった。彼にはユーモアの精神もあった。ちょっと軽薄なところもあるが、一緒にいるとそれがまた楽しかった。

ブラントに初めて会ったのは、バーミンガムで開かれたセミナーの会場だった。〝彼と話をしてこよう〟講演が終わると、ウォレンは彼女の手を引いて会場を横切っていった。ブラント・キャドマンに認めてもらうつもりで。

きれいに髪をカットし、注文仕立てのダークスーツに身を包んだブラントは、強いセックスアピールがなくとも、揺るぎない名声と権威で人々の関心を集めていた。怖いほど力強く見え、そのうえ魅力的な彼に、アニーはぞくっとした。それほど男性に惹かれたのは初めてだった。

あのときどんな会話が交わされたか、まるで思い出せない。だが、ブラントにどんな目で見つめられていたかは覚えている。ウォレンが彼にとりいろうとしているのは露骨なほどだった。あのあと、アニーは会場のどこにいてもブラントの視線を感じた。控えめだが、明らかに称賛のにじんだ視線を。彼女はブラントが好きかどうかわからなかったが、彼の関心に気持ちをかきたてられた。アニーはそのことを恥じた。自分はウォレンに心の底から惹かれていると思っていたのだ。ブラントにも特定の相手がいるのはたしかだった。

パーティが終わると、アニーは長身の上品な女性が彼の車に乗りこむのを見た。誰かがその女性の名前を教えてくれた。ナオミ・フォックス。彼女に似合った名前だとアニーは思い、彼が自分に関心があると思ったのは勘違いだったと認めた。自分は手の届かない存在の男性に視線を向けられて興奮しただけなのだと。

しかしその晩、ベッドに横たわり、婚約者やきたるべき結婚式のことを考えようとしても、まぶたに浮かぶのはブラントのいかめしい姿ばかりだった。それは夢にまで現れ、目が覚めたときは気持ちが動揺して、彼を嫌いにすらなっていた。

もちろん、そんな感情は徐々に消えていった。結婚式を間近に控え、ミセス・マドックスになることに気持ちを集中しようとした。けれど式の二週間前、関係は終わりだとウォレンが言いだした。ほかの女性に出会ったから、婚約を解消してくれと。

アニーは打ちのめされ、おまけに会社の誰もが二人の破局に気づいていたので、会社でウォレンと顔を合わせるのが苦痛だった。何より、二週間後にオープンするホテルと大型スポーツ施設の祝賀パーティに出席しなければならないのが耐えがたかった。

上司から出席するよう言われていたし、弱気になって病欠の電話をかけたところで、その理由は察しがつくだろう。パーティにはウォレンも出席するし、パートナー、つまり彼の新しい恋人も招待されている。しかしながら、パーティにブラント・キャドマンも出席し、彼がその晩ホテルに滞在することはアニーの予想外だった。

ほっそりした体を際立たせる大胆に胸元のあいた黒いドレスに身を包んだアニーは、かつての婚約者と彼の新しい恋人のセクシーなブロンド美女がすぐそばにいるのも気にならないふりを装った。彼女はグラスを片手に、いくぶんはしゃぎすぎとも思えるほど陽気にカトリーナや上司とおしゃべりをしていた。そのとき、バーにいる長身で背筋のすっと伸びたブラントの姿を目にした。

それまで彼は会社の人間や顧客と話していたので、話しかけるチャンスがなかった。今、彼はひとりで、しかもアニーを見つめている。

アニーの心臓はいったん止まり、ふたたび動きだしたが、以前より鼓動は速まっていた。ブラントのあからさまな関心にどう応えていいかわからず、アニーは挑むように顎を上げた。

するとブラントがにっこりした。どんなに世慣れた女性の心もめろめろにしてしまいそうな、男性的な官能にあふれた微笑だった。

アニーもほほ笑み返した。

「まあ!」カトリーナがそばで声をあげた。

アニーは景気づけにワインを一杯飲み、小さなおしゃべりの輪を離れてバーに近づいていった。

「やあ」ブラントはひと言しか言わなかったが、深みのある声には圧倒的な魅力があった。洗練された物腰の奥にうかがえるのは、さらに圧倒的な知力だ。

アニーはまばゆい笑みで彼に応えた。

「きみの……友達はどうした?」ブラントはウォレンのほうを向かなかったが、状況は把握していた。ワイングラスを握る彼女の指に指輪がないことに気づいていたのだ。

「友達は別れるものよ」

「恋人は？」

アニーは息をのんだ。まあ、私ったら何をしているの！　ウォレンのほうを盗み見ると、彼はアニーを、というよりアニーとブラントを見て、さっき彼女がブラントに近づいていくのを知ったときのカトリーナのようにあっけにとられていた。

アニーはふたたびブラントにほほ笑みかけ、甘ったるい声でつぶやいた。「あなたのほうはどうなの、ミスター・キャドマン……」

「ブラントだ」

「あなたには……誰かいるの？」

彼は考えるそぶりをしてから、両手を上げてみせた。「見てのとおりだ。しかし、きみについてはよくわからない」

「何が言いたいの？」

ブラントは、ゆったりしたブルースに合わせて踊っているウォレンとブロンド美女に視線をさまよわせた。

「彼女はだまされているのよ」アニーは懸命に無関心を装った。まつげが瞳の奥の苦悩を隠す。「彼がひとでなしだと、今に気づくわ」

「僕はそうじゃないと思う？」

アニーは内心絶望していたが、顎を上げ、真っ赤な唇で誘うようにきいた。「そうなの?」

「僕が何を考えているかわかるかい?」

「何?」

ブラントは彼女の手からグラスをとりあげ、カウンターに置いた。「きみは飲みすぎだ」

「そんなことないわ」実際、アニーはまだ二杯も飲んでいなかったが、恋人と一緒のウォレンと顔を合わせるかと思うと、この数日あまり食欲もなく、すきっ腹にアルコールが利いていた。

「わかった。飲んでいないことにしよう」ブラントは彼女に調子を合わせた。「じゃあ、アニー・タルボットについて教えてくれ」

彼が名前を覚えていてくれたことにアニーはびっくりした。二カ月前のセミナーでウォレンが彼女を紹介したとき、ブラントは誰かに話しかけられていたので、彼女のことなど聞いてもいないと思っていたのだ。本当に危険なほど抜け目ない人だこと。

アニーは鼻にしわを寄せた。「私の話なんて退屈なだけよ。それより、あなたの話を聞きたいわ」

「僕の?」あきれたような口ぶりだ。それでもブラントは肩をすくめて話しだした。「年は三十二。背は百八十八センチ。一緒に生活するのは難しいタイプだが、恋に破れた若い女性の心につけこんで誘惑する趣味はない」

「立派ね」アニーは喉を鳴らした。両脚は鉛のように重く、笑顔をつくろっているので顔が痛い。

「踊らないか?」

彼女がうなずくと、ブラントは磨きぬかれた小さなフロアに彼女を連れだした。ウォレンと恋人の美しいモデルが見つめあって踊っている。

「どうしてほしい?」ブラントは彼女に腕をまわした。「彼の鼻に一発お見舞いしようか?」

「私がそうしてほしいと思っているとでも?」気にしていないふうを装い、アニーは彼の広い肩に手をかけた。「大したことじゃないわ」その瞬間、腰のくびれをきつく抱き寄せられ、アニーははっと息をのんだ。

ブラントの腕のなかでアニーは震えた。喉がからからになる。彼の官能的なコロンの香りにめまいがしそうだ。ふいに自分がどんなに危険なゲームをしているか悟った。でも、この気持ちを誰にも気づかれないなら問題ないでしょう?

だけど、気にしていないふりをするのは疲れる。頭痛がひどくなるとともに、元気がなくなってきた。おまけに二人の背後でウォレンとモデルが卑猥(ひわい)なほど体をくねらせ、互いの唇をむさぼっている。

気づかないふりをしようにも、無理だった。アニーは小さくうめき、首を傾け、ブラントのやわらかなウール地の上着に額を当てた。

それは親密なしぐさだったが、そのときの彼女にはほかにどうしようもなかった。体を揺らしていると、ブラントが優しく言った。「行こう」

アニーは彼の部屋までついていくつもりはなかった。ブラントのほうはベッドまで行くつもりだった。一緒にではない。彼女をやすませたほうがいいと思い、ブラントはぐったりした人形のような体を寝室に運び、ひんやりと気持ちのいいコットンのカバーの上に彼女を横たえた。

アニーは顔が燃えるように熱く、いつになく張りつめた興奮に打ちのめされていた。上着を脱ぎ、ネクタイをとるブラントの様子を眺める。彼はアニーのそばに腰を下ろし、大丈夫かと尋ねた。

彼の軽いキスが引き金となった。ブラントはすぐに離れようとしたが、アニーは救いを求めるように彼のシャツにしがみついた。「そばにいて」愚かにもささやいた。

激しい情熱にとらえられ、それを抑えようともせず、やがてアニーは自分が言ったことの、いや、していることの意味に気づいた。彼女は惨めな思いを隠すためにブラントを利用したのだ。その夜、ブラントのベッドですばらしい快感をおぼえたアニーは、ウォレンのことなど彼方(かなた)にかすみ、翌朝には自分の暴走した心を恥じるとは思ってもみなかった。

ふられた反動で男性を誘い、抱かれて喜びにすすり泣くようなみだらな女になるとは！　そもそも婚約者への気持ちはどれだけのものだったのだろう。

ブラントが目を覚まさないうちにアニーは起きだし、急いで家に戻った。そして会社の上司に電話で辞職を告げ、南フランスのプロバンスへ飛んだ。

二カ月後、フランスから戻ってきた彼女を待っていたのは、ブラントが結婚したというニュースだった。それから顔も見ていなかった、彼がきのうの午後、家に現れるまで。ウォレンはモデルと暮らしはじめ、アニーはイギリスに帰ったとき妊娠初期で、ショーンを身ごもっていた。

ブラントはウォレンに裏切られた苦痛を払いのけてくれた代わりに、いまわしい屈辱感を残した。とはいえ、彼はあのとき彼女がさしだしたものを受けとっただけだ。そして彼は立ち去り、ナオミ・フォックスと結婚した。アニーは自分以外の誰も責めるわけにいかなかった。

けれど、彼にショーンは渡さない。それだけは譲れない！　アニーは椅子から立ちあがり、怒りや不安を忘れていられるよう家事に集中した。

そして適当な時間が来ると、もう一刻も待ちきれず、ニュージーランドの両親に電話をかけた。

3

アニーは小さな細密画の制作に神経を集中しようとしたが、とても無理だった。頭が働かないばかりか、指も筆もうまく動かない。なめらかな半透明の下地に描いた前景の絵の具が水平線とまじり、ぼやけた色ににじんでいる。

まるで自分の人生のようだ。五日前、ブラントが現れ、彼女のかけがえのないいとしいものを脅かしてからの人生。

ブラントは、病院がアニーの子供だと認めた息子に彼女を会わせるため、正午に迎えに来ることになっている。

アニーはこの対面が待ちどおしい分、時間に押しつぶされそうだったので、気をまぎらすために絵を描きはじめたのだが、手が震えて、作業を断念した。

私が産んだというその子に会ったら、自分はどうなるだろう？　親子としての絆を感じる？　私にはその子が自分の子だとわかるだろうか？　その子は私に何かを感じとるだろうか？　だとしたら、どうすればいいの？　でもショーンのことはあきらめられない。

あきらめるものですか！

両親に電話した夜、ジェーン・タルボットの金切り声が大西洋を渡って聞こえてきた。〝あの子はうちの子よ、アニー。絶対に！ 何度検査しても、うちの子だとわかるだけよ。ああ、すぐにでも飛んでいきたいわ。でも、お父さんを残していけないし。私がいないと何もできないんですもの。こちらで何かできることはない？〟

アニーは父親と先に話せたのがありがたかった。たまたま父は電話のそばにいたのだ。彼女自身が倒れそうなのに、母親のヒステリーの相手はお手上げだった。父親はかわいがってきた孫が実の孫ではないかもしれないと言われて、当然ショックを受けていたが、いつもの冷静で穏やかな態度で、どんなことも人生の試練なのだと受けとめた。

父は自らの悲嘆を押し隠し、娘をなだめるように言った。〝アニー、その……キャドマンという男も奥さんも、おまえと同じ気持ちになるさ。当然だろう。自分たちの子供として育ててきた子を手放したいわけがない。彼らは実の子かもしれない子供と会う権利が欲しいのかもしれない〟

アニーは事情をすべて明かしていないことに気づいた。〝そうじゃないのよ、お父さん。ブラントの奥さんは出産後に亡くなったの。だから彼はなおさらショーンが欲しいのよ。本当は奥さんの子だから。わかる？〟

電話の向こう側で沈黙が流れた。アニーは父親が事情をのみこんだのだと理解した。親しみのある父の優しい顔が目に浮かぶようだ。白いもののまじる髪、しだいに深くなる額のしわ、ゴルフもヨットもあきらめざるをえない自由のきかなくなった体。

〝彼が道理をわきまえているなら、おまえを傷つけたりしないさ、アニー。おまえのことも尊重してくれるだろう〟

父の言葉を思い出し、そうだろうかとアニーは思った。電話を切ったときにはぐったりしていた。親友のカトリーナがいるから父を残してまで来なくてもいいと母をなだめて、くたびれはてていた。

アニーは絵を片づけ、拡大鏡をしまい、絵筆をキッチンで洗った。支えが必要なのはたしかだが、母が来られなくてむしろほっとする。母の愚痴には耐えられそうにない。

キャドマン家の人にショーンを会わせる前に、アニーはジャックに会わせてもらうことにした。その日は土曜日だったので、カトリーナがショーンを近所の公園に連れていってくれるという。

「気をつけてと言う必要はないわね？」息子の小さな野球帽とライオンのぬいぐるみを用意するアニーに、カトリーナがわけ知り顔で警告した。「あの傲慢さったら、なによ！あなたは三年前のように、もろくないわよね？」

「そんなにたってないわ。それにあなたが想像しているようなものじゃないのよ」それ以上胸にしまっておけず、アニーは真相を打ち明けた。

カトリーナはショックを受け、アニーの体に両手をまわした。いたわるように抱きしめられ、アニーは涙がこみあげてきた。

「十倍もろくなってるわよ」カトリーナにそう言われ、アニーはバスルームに入ってシャワーを浴びた。寒けがして背筋が震える。

四十分後、車の低いエンジン音が聞こえた。アニーは寝室の窓に駆け寄った。ブラントがメルセデスから降りたつところだった。

長身のしなやかな体に視線が釘づけになる。一分のすきもない黒いスーツ姿。彼が窓を見上げると、アニーは隠れるように身を引いた。

「もう出られるかい?」玄関に立ったブラントは、アニーにすばやく視線を走らせた。彼女はライラック色のパンツスーツとクリーム色のシルクのキャミソールを身につけていた。

彼女の青白い顔やこわばった表情を見て、ブラントは眉をひそめた。

「気分は?」

アニーは深く息を吸いこんだ。「怖いわ」

ブラントの口がねじ曲がる。「それでこっちを見ようとしないのか? 僕が怖いのか?」

ええ、怖いわ。彼が短いあいだに労働者階級から億万長者にのしあがったという話が本当なら、彼のエネルギーや強靭な意志が怖い。彼のカリスマ性や今も彼女を骨抜きにしそうな性的魅力が怖い。とりわけ怖いのは、彼がこれから要求しようとしていることだ。

「そんなことはないわ」これ以上待つのが耐えきれず、アニーはつぶやいた。「さあ、行きましょう」

ブラントの家は、ロンドン近郊でもっとも人気の高い界隈(かいわい)にあるジョージ王朝風の建物だった。無数の窓が手入れの行き届いた広大な地所を見下ろしている。その威厳あるたたずまいはアニーをおじけづかせた。

「母はシュロップシャーに住んでいた。にぎやかな小さな町で、母は離れたがらなかった。母も僕もそこで生まれたんだ」車から降りながらブラントが言ったが、自分の貧しい生い立ちについてそれ以上は触れなかった。「僕らの生活に……ジャックが現れてから、母はここに引っ越してきて、僕が留守にするとき、代わりに面倒を見てくれる。母の手だけで足りないときはエリーズがいる」

好奇のまなざしを向けたアニーに、ブラントはそれ以上何も言おうとせず、正式な応接間に案内した。ほっそりしたブロンドの女性が、部屋の雰囲気にふさわしくしとやかに近づいてきた。アニーは不安になりながらも興味をそそられた。おそらくブラントの母親だろう。

「あなたの言ったとおりね」ブラントを見上げた女性がまず口にした言葉だった。

ブラントがかすかにうなずく。アニーは彼が母親になんと言ったのか気になった。

「失礼しました」女主人は気をとり直してにっこりし、片手をさしだした。きれいにマニキュアをほどこしてある指先同様、洗練されたしぐさだ。「フェリシティ・キャドマンです。あなたがアニー、もう一方の被害者ね？　さぞかしつらいでしょう。悪夢を見ている気分よね。

「私もそうです」ブラントはどうか知らないけれど、私にはどうしても受け入れられなくて」

フェリシティがひそかにアニーを値踏みしているのがわかる。アニーはブラントの母親に共感した。気持ちが混沌としているとはいえ、アニーはブラントの母親に共感した。控えめだが好奇心に満ちたまなざしが問いかけている。本当にこの女性が、自分が育児を手伝ってきた孫息子の母親なの、と。

「ジャックは育児室にいるのかい？」ブラントが尋ねた。

これほどの屋敷なら育児室があってもおかしくない。ブラントの母親がうなずいた。こんな優雅な生活をしているのだ。ショーンが彼の子供なら、当然、息子にもそういう生活をさせたいと思うだろう。

アニーを部屋に案内しようとブラントが歩きだしたとき、そばにあった電話が鳴りだした。

ブラントは鏡のように磨かれたテーブルの上から受話器をつかみ、邪魔されたことをぶつぶつ言った。だが、急ぎの用件だったらしい。

「失礼」彼はアニーにぶっきらぼうに断り、背を向けて電話に応対した。

きっと彼の指示を仰ぐ電話なのだろう。アニーは彫刻がほどこされた白い大理石の暖炉や、うわ薬もあざやかな花瓶を見つめながら、ブラントが威厳のある低い声で命令を下していることに気づいた。それでも、彼は競争相手や社員のあいだで尊敬も称賛もされている。

フェリシティに見つめられていると感じて、アニーは花瓶から視線を上げた。

「きれいですね」ぎこちない微笑を浮かべて言う。

「ええ」ブラントの母親は息を吸いこんだ。彼女も緊張しているのだ。「そうね、それは……息子の妻が選んだものよ」

アニーは彼女の声にかすかなためらいを聞きとった。まるでブラントの亡き妻について話すのがいまだにつらく、息子のいるところでは話したくないかのようだ。

装飾もみごとな高い天井や、銀色の豪華な織物、ジョージ王朝風の淡い青の色調でまとめられた内装も、ナオミの見立てなのだろうか？　それともふつうのカップルのように、ブラントとナオミは家財道具を二人で仲良く選んだの？

「ブラントにとっては容易なことではなかったわ」傍らで洗練された女性の声がした。

「なんといっても……ジャックの母親を失い……」言いおえることなく、フェリシティはつけ加えた。「そのうえ、こんなことに」

私だって！　アニーの表情が引きしまった。フェリシティの気持ちを聞くまで、自分がどんなに好戦的に見えるか気づきもしなかった。

「ジャックのことを考えてくれるわね？」気品ある立ち居振る舞いの陰で、フェリシティの目が、私の孫をとりあげないでと訴えているようだ。「あなたの坊やもそうだけど、ここが唯一、あの子が知っている家なのよ。子供たちをあの子たちの世界から引き離せない。二人を交換したら、そうなるわ」

「交換するとかショーンを手放すなんて、考えてもいません」アニーがきっぱり言ったとき、ブラントが電話を終えて彼女に手をさしだした。

「いいかな？」

ブラントが母親に軽くほほ笑みかけたのを見て、アニーは抜け目ない警戒心を感じた。今の微笑にはどんな意味があるの？　アニーは彼にうながされて廊下を進み、二階に向かった。

ブラントが育児室と思われる部屋のドアを開けると、彼女の胸は鼓動を速めた。水色に塗られた壁にはあざやかな模様が描かれ、床にはおもちゃが散らかっている。窓辺のベンチからは、芝生や刈りこまれた高い生け垣が見下ろせる。

「ムッシュー・キャドマン……」続き部屋のほうから誰かがやってきた。「ジャックはちょうどお昼を食べたところです。自分で顔を洗うんですよ。もう立派な男の子です」ブロンドで豊かな胸をしたフランス娘が彼に笑いかけた。彼女には素顔の美しさと、さらさらの長い髪と同じくらい魅力的な訛があった。アニーには一瞥をくれただけで、きまり悪くなるほど雇主に関心を見せている。「私はここにいたほうがいいですか、ムッシュー?」

「いや、あとで呼ぶよ、エリーズ」

「はい、ムッシュー」娘はちょこんとお辞儀をして部屋を出ていった。

アニーはふと、ブラントが娘のあからさまな媚を楽しみ、それに応えようとしているのではないかと思った。娘がそうしてほしいのはたしかだ。でも今そんなことはどうでもいい。アニーの関心は、父親の声を聞きつけて寝室からよちよち出てきた幼子に釘づけになった。真っ赤なシャツに小さなコンバットズボンをはいた男の子が、染みひとつないズボンに包まれたブラントの長い脚を両手でつかんだ。

「ジャック!」ブラントはうれしそうに男の子を高く抱きあげてから、床に下ろした。

「ジャック、彼女はアニーだよ」幼子の小さな手を握りしめて優しく言う。「アニー、ジャックだ」

アニーはそれまでのさまざまな想像をよそに心をわしづかみにされ、その場に立ちつくした。身をかがめて男の子にこんにちはと言ったとき、ブラントの鋭い目が何も見逃すまいとじっと見つめていることに気づいた。自分と同じように前にたらした黒髪や濃い茶色の瞳を、アニーは呆然と見つめた。ジャックの顔はショーンよりも丸く、歯を大きく見せて笑っている。彼女は母性本能を揺さぶられた。

「私に似てるわ」感動のあまり喉がつまったような声しか出ない。この子が十カ月近く私のおなかにいたの？　恐ろしいとり違え事件が起こる前、ほんの短いあいだ私の母乳を飲んだ子なの？　それとも、そんな機会もなかったのだろうか？「私にそっくり……」

ジャックが窓までよちよち歩いていき、ベンチの上から塗り絵をとって、おぼつかない足どりで戻ってくるのを、アニーは潤んだ瞳で見守った。

「気をつけて！」ブラントが注意する。

二歳児はアニーの前まで戻り、見てとせがむように塗り絵を振ってみせた。

「わあ！」ジャックは得意げに声をあげた。

アニーは塗り絵を支え、描線などおかまいなしに明るい紫の色鉛筆で塗られた牛に見入った。

「私の大好きな色よ」彼女は喉をふさがれた。

ジャックは彼女を動揺させたことなどつゆ知らず、塗り絵をほうり投げて踏みつけている。

「お顔！」アニーに見てくれとばかりに小さな顎を上げた。アニーがショーンに教えたように、子守り（ナニー）か、祖母か、彼の面倒を見る者のためにそうしたのだろう。男の子のうぶ毛のような眉にはゆで卵の黄身らしきものがくっついている。

「ついちゃったのね」アニーはかすれた声でつぶやき、黄身をとった。そこで急に感きわまり、彼女は男の子を引き寄せた。いい匂（にお）いのするやわらかな髪に口を押しあて、泣きたい気持ちをこらえる。

見ず知らずの人間にきつく抱きしめられて、ジャックが悲鳴をあげた。

「大丈夫よ、ジャック」アニーがしぶしぶ男の子を放すと、代わりにブラントが抱きあげた。彼の腕と触れあい、なつかしい匂いがした。

「彼女はいい人（ナイス・レディ）だよ。おまえを傷つけたりしないから」ブラントが低く静かな声で子供をなだめる。

父親の腕に抱かれて安全だと思ったのか、ジャックはアニーを勇ましく見下ろした。

「つめたい人（アイス・レディ）」喉を鳴らすような声を出し、彼女の胸を締めつけるほど大きな笑みを浮かべる。

「いやあ、そういうわけじゃないけどね、ジャック」ブラントは愉快そうに口元をゆがめてアニーに目をやった。

その意味ありげな言葉や、熱いまなざしから、彼女が大胆にも体を投げだしたあの三年前の夜のことを思い出しているのだとわかった。きっとあのときブラントは、アニーが〈キャドマン・スポーツ〉でいちばん情熱的な女だと思ったに違いない。アニーは恥ずかしくなった。

ブラントが育児室のドアを開け、エリーズを呼んで用を言いつけた。

「ジャックを日光浴させてくれ」

娘は探るようにアニーを見てから、すばやく命令に従った。

「なぜあの子を追いだしたの？」ドアを閉めたブラントにアニーは問いかけた。

「話があるから。きみと二人だけの話が」

ブラントはおもちゃを拾いあげ、いかにも父親らしく慣れた手つきで明るい色のプラスチック製のかごにしまった。それから体を起こして彼女を見たが、その顔は緊張していかめしかった。

「疑いの余地はないだろう？　病院が言うようにDNA検査を受けてもいいが、形式でしかない。結果は同じだ。きみは僕の息子を、僕はきみの息子を育てている」

アニーはひどく動揺し、言葉もなかった。つばをのんで話そうとしたが、うまくいかない。

「ひとつ提案がある」ブラントが感情のかけらも見せずに続けた。「僕が自分の息子のことを知るようになるまで暫定的に、きみとショーンもこの家で暮らしたらどうだろう。最終的な決断を下す前に、お互いのことを知る機会を得られるわけだし」

「私たちがここに……この家で暮らす？」アニーはこの部屋に入るまで通りすぎてきたいくつもの豪華な部屋や、使用人のいる優雅で格調高い生活を考えた。ブラントはショーンをあの小さな家から連れだしたいのだ！

「ああ、心配いらないさ」ブラントは彼女の最大の不安を読みとった。「きみを愛人にしようというんじゃないから」

もちろんそうでしょうとも。アニーは自分の身をわきまえろと言われたような気がした。

「それから、どうなるの？」恐怖が頭のなかで渦巻いている。その……暫定期間が過ぎたら、私がショーンをあきらめると思っているの？　ブラントのほうはジャックをあきらめられるのかしら？　それに、私の大切なものばかりか、心の平安も脅かすブラント・キャドマンと同じ屋根の下で暮らすことなどできるの？

「そのときになったら考えればいいさ」ブラントは、子供がいたずらをしないよう壁にとりつけた電話に近づき、受話器をとった。「きみの荷物をここに運ぶ手はずを整えよう」

彼は早くもボタンを押している。

「もう？　今日じゅうに？」受話器に向かって話すブラントを見てアニーは息をのんだ。

「早ければ早いほうがいい。そうだろう？」

もっともだとアニーも思った。彼の提案は筋が通っている。

「すごい！　なんて早業なの」その日の午後、ショーンを家に連れて帰ったとき、アニーにこれからのことを聞かされたカトリーナが声を張りあげた。彼女はアニーの小さなキッチンでコーヒーを飲みながら、そばかすだらけの顔に好奇心をむきだしにしている。「自分が何をしているか、わかっているわよね？」

「わかってないわ」アニーは顔をしかめた。バウンサーの世話を喜んで引き受けてくれたカトリーナのために、キャットフードの缶詰をまとめているところだった。

猫はショーンに乱暴に撫でられても、ブラントのお抱え運転手が彼らの身のまわりの品を外に止めたレンジローバーに運んでいっても、われ関せずといったふうに音をたててミルクを飲んでいる。

「子供たちのための一時的な措置にすぎないわ。それだけよ。信じて」

「そうかしら？」カトリーナが疑わしげな視線を向けてくる。

アニーは目をそらした。このとり違え事件に傷つき、憤慨していたアニーは、友人に勘ぐられるのが耐えられなかった。

「とびきりすてきな男性と暮らすのに、影響は全然ないというの？」

「やっぱり気づいたのね」アニーは自分でも懸念していることから友人の関心をそらそうと、薄笑いを浮かべて受け流した。

「ねえ、気づかないはずがないでしょう。だから心配なのよ」

「なんて優しいの」アニーはそう言葉にし、話題を変えるタイミングを心得ているカトリーナに感謝した。

アニーに用意された部屋は、育児室や二人の男の子たちの寝室に近かったが、ほかの部屋と同じく広大で堅苦しかった。大きなバスルームがついていて、家具調度に惜しげなく金が使われている。

アニーの古びたスーツケースは空にされ、およそ釣りあわないきれいな衣装だんすの前に置かれていた。彼女は絵の道具を入れた箱とともにスーツケースを棚にしまった。とはいえ、こんな気分で創作活動に打ちこめるとは思えない。

ブラントは出かけ、彼の母親は夕食の手配に行き、エリーズ・デュボワは育児室で二人の幼子のお守りをしている。自分の時間ができたアニーは庭を散歩することにした。

庭は屋敷と同じく、おじけづきそうなほど整然としていた。どこもみごとに造園され、花壇には雑草ひとつない。きれいに刈りこまれた糸杉の生け垣の奥まで来ると、完璧すぎて味けないところだと思わざるをえなかった。

アニーは装飾がほどこされた鉄のベンチに座りたかったが、女性のブロンズ像ににらみつけられている気がした。彼女は座るのをやめ、ほかの場所と同じく複雑な思いをいだいてブロンズ像を眺めた。

「こんなところに隠れていたのか」

聞きなれた深みのある声に、アニーはさっと振り向いた。胸が激しく高鳴りだす。

「隠れてなんかいないわ。つかの間の孤独に浸っていただけよ」

「それでは邪魔したかな」

「ええ」

「だったら、僕は行ったほうがいい？」

「どうせ、したいようにするんでしょう」

「そんなに自分勝手だと思われているのか？」

「そうじゃないの？」アニーは作り笑いを浮かべ、とがめるように言った。とにもかくにも、数日前に彼女の人生に入りこんでから、ブラントは彼女の身の振り方を何から何まで決めてきたのだ。

「きみの言うとおりかもしれない」ブラントは物思いにふけったような顔でほほ笑んだ。

「小さいころから、そう言われてきた」

「じゃあ、そろそろ誰かに直してもらわないとね」

「きみがその誰かかい、アニー？」

ブラントは口元に笑みを漂わせ、彼女の姿に視線を走らせた。ライラック色のスーツからタンクトップとスラックスに着替えてきたアニーは、全身が熱くなるのを感じた。

「そんなことは言ってないわよ」アニーはどぎまぎし、思わずブロンズ像に目をやった。

「すばらしい像ね」この庭も、屋敷も、そしてあなたも！

彼はぞんざいにブロンズ像を眺めている。「ああ、たしかに」

「どこで手に入れたの？」

　答える前にブラントはためらいを見せた。「ナオミが選んだんだ。この屋敷を買ったとき、庭は手を入れなければいけない状態だった。ほとんどナオミがとりしきった。この像はハネムーンでイタリアに行ったときに買ったものだ」首を傾けてブロンズ像を見上げると、日差しを浴びた彼の髪に輝く筋が入った。「これは彼女そのものだ、といつも思っていた」

　本当に。長身で、シックで、気品にあふれている。アニーは彼を盗み見た。ブラントは一年足らずの結婚生活をともにした伴侶（はんりょ）を失い、いまだにひどく悲しんでいるのだ。彼らは二人とも背が高くて人目を引く、注目のカップルだった。だから、ブラントと彼の美しい妻の像のそばにいる今、自分がとてもちっぽけでつまらない存在に思えた。

「私がここにいるなんて皮肉ね」ひんやりしたそよ風が木立を抜け、アニーは身震いした。自分は一夜限りの情事の相手でしかないのだ。それにしても、彼の子と自分の子がとり違えられるなんて、運命の残酷ないたずらとしか思えない。

「本当だな」見上げているブロンズ像のように彫りの深い横顔を見せて、ブラントはむっつりと答えた。「アニー……」彼女のほうに顔を向ける。「あの晩、僕はきみをベッドに連れていこうとは思っていなかった」まるで彼女のずたずたに傷ついた胸の内を読みとったかのように言う。「僕は、ほかの男のことを思っている女性とベッドをともにする習慣はない。その男の子供を身ごもっている女性とは、なおさら。僕は思いとどまるべきだった」

アニーはあとずさった。彼の言葉に、自分が安っぽく、いちだんと恥知らずに思えた。

「お願い、もう……」自分を責めないでと言いかけたとき、誰かが小道を近づいてきた。

ブラントを慕うエリーズが、ファックスで送られてきた至急の伝言を届けに来たのだ。

アニーは視線を合わせるのを避け、二人を押しのけるようにして、急いで屋敷に引き返した。

4

上品な応接間のテーブルでパステル画を描いていたアニーは、緑色のパステルをスケッチブックの上に置き、遊んでいる子供たちを眺めた。

ジャックは高級な絨毯のまんなかに座り、独り言をつぶやきながら木のジグソーパズルに熱中していた。ショーンは小さな叫び声で伴奏をつけ、パズルの入っていたビスケットの空き缶の底をたたいている。

「はいはい、メッセージは伝わったわ」アニーはほほ笑んだ。

先ほどエリーズが、雨降りだから子供たちは育児室で遊ばせないといけませんときつい言い方をした。フェリシティ・キャドマンはほかの部屋におもちゃが散らかることに我慢できないらしい。けれど彼女は外出中だし、ブラントもいないので大丈夫だとアニーは思った。中庭で見かけたゼラニウムの絵を描きたいし、子供たちと一緒にいたかった。

母の関心を引いたショーンは、背の高い両開きのガラス扉まで急いで行くと、ぷっくりした指を広げ、きらきら光るガラスに当てた。

ここに来て二日がたち、ショーンがジャックより大柄でがっしりしていることや、ナオミよりもブラントに似ているのがわかってきた。生まれながらのリーダーで行動力があり、一方のジャックは物事を深く静かに考える傾向をすでに見せている。

「バウンサー!」ショーンがいきなり声をあげた。

アニーはテーブルから身を起こし、ショーンの指さす先を見た。灰色の毛のかたまりが、みごとに刈りこまれた芝生を荒らしまわっている。

「あれはバウンサーじゃないわ、ショーン」別の小さな手に脚をつかまれたのを感じて、アニーは見下ろした。

「りず!」ジャックが探るような目で芝生を見て言った。アニーを見上げ、口を大きく開けた笑みで彼女の心をくすぐる。

「そうよ、ジャック、あれはりすね」アニーは身をかがめ、彼の黒い巻き毛をくしゃくしゃっと撫(な)でた。愛情が胸にあふれる。この子は私のものだ。二人とも私のもの。たまらないいとおしさに彼女は目を閉じ、大きく息をした。

ぱたぱたという小さな足音に、アニーは目を開けた。ショーンが床からパズルを拾ってジャックに投げつけている。ジャックは悲鳴をあげ、救いを求めるように彼女に両手をさしだした。

「ショーン!」アニーはジャックを早く落ち着かせなくてはとショーンを叱(しか)りつけた。

「だめよ！」するとショーンもわっと声をあげた。

泣いているジャックを腕に抱くと、ショーンが脚をつかんでわめくので、アニーはあいたほうの手でショーンの頬を撫でてやった。

ブラントが近づいてきた。「どうした、母親のとりあいか？」彼の目は楽しそうに輝いている。「無理もないな」

しわくちゃのブラウスにジーンズというアニーの少女っぽい服装に、ブラントが目を細めると、彼女の胸は飛びはねた。

「おいで」ブラントはショーンに近づき、金切り声で訴える子供を抱きあげた。

まもなくショーンは落ち着いてきた。奇跡的なことだ。いったん泣きだすと、なだめるのはひと苦労なのに。きっとブラントのなかに相通じるものを見いだしたのだろう。アニーはうらやましく思い、ブラントの優しさの陰にある強い意志を感じた。

「バウンサー、ちがう」ショーンが窓を指さして言うと、ジャックがアニーの腕のなかで暴れだした。同じく父親を求めているのだ。「バウンサー、ちがう」今にも泣きだしそうにショーンの下唇が突きだされている。

「そうだよ、ショーン。バウンサーならあいつを朝食代わりにしてしまう」ブラントがアニーに目配せした。「なぜ用心棒(バウンサー)なんて名前をつけたんだ？」

アニーは彼女の肩に濡(ぬ)れた頬をくっつけて抱かれているジャックを揺すった。

「バウンサーは野良猫だったんだけど、うちに来た瞬間からほかの生き物を庭に寄せつけないの。お隣の番犬でさえ」

「勇ましいな。今はどうしてる？　鎖でつながれているわけじゃないだろう」

「ええ」アニーは、おそらくナオミが選んだと思われる贅沢な壁紙や絨毯、銀のブロケード織りの椅子を眺めた。バウンサーがいたら、豪華なソファはすぐさま台なしになりそうだ。「あの子はカトリーナにあずかってもらっているわ。あなたが……いやがると思って……連れてこなかったの」

「へえ？」ブラントのまなざしが鋭かったので、アニーは落ち着かなげに視線をそらしたが、彼の背後の壁を見てぎょっとした。彼女が目を離したすきに、子供たちが明るいオレンジ色のパステルで真珠色のシルクの壁紙に落書きしたらしい！　床には水溶性の絵の具が転がっている。

アニーはうろたえた。「ここで遊ばせてごめんなさい。エリーズがいけないと言ったのに。彼女の言葉に従うべきだったんだけど、この部屋の光の具合が絵を描くのにちょうどよかったから」

ブラントは体を少しひねり、彼女の視線の先に目をやった。淡い色を背景に赤々と燃えるのろしのような模様を描いた落書きが、そこにあった。

「ごめんなさい、壁を台なしにしてしまったわ」アニーは下唇を噛んだ。

　視線を戻したブラントの額には深いしわが寄り、ますます獰猛に見えた。

「その壁紙、ものすごく高いのかしら？」からからの喉を潤そうと、つばをのみこむ。

　彼の表情は変わらない。「ああ、かなり」

「ごめんなさい。子供たちをこの部屋に入れるべきじゃなかったのに」

「僕がどうすると思ったんだ、アニー？　きみをひっぱたくとでも？」

　小さな顎を突きだしたアニーは、彼の厳しい視線にぶつかり、たちまち、自分のとった行動を弁護したい欲求にかられた。

　すると、ブラントの口元にゆっくり微笑が浮かんだ。「子供が思いきり遊んでいいのは育児室だけだなんて思っている使用人は、うちにはいない。母にしても、それほど厳格じゃないし。僕自身、子供がどこで遊ぼうと気にしない。ジョーンズご自慢の花壇のなかだろうとね」ジョーンズとは背中の丸くなった老人で、雑草ひとつ生えていない庭は彼が丹誠をこめて手入れしたものだ。

「じゃあ、あなたは何を気にしているの？」

「きみが鬼でも見るように僕を見ることさ」ショーンに髭が濃くなりかけた顎をつかまれて、ブラントはぐいと顎を引いた。自分は鬼なんかじゃないと幼子ににっこりしてみせる。

「僕らの生活習慣は違うけど、母親が父親を怖がっていたら、子供たちにとっていい環境とは言えないだろう」

「もちろんよ」

アニーはブラントが彼女との関係を引き合いに出したことに当惑した。しかし、彼の言うことはもっともだ。彼らは今、実の子と暮らしているが、その子供を育ててきたのは相手のほうだ。なんとかして二人がうまくまとまらないかぎり、始まらないのでは？　けれど、彼との絆（きずな）は歓迎できないほどあまりにも性的な意味合いを持っている。

「あなたを怖がってなんかいないわ」アニーは挑むように言った。

「それなら、今夜僕と外出することに異論はないね。去年つくった施設の成功を祝って、一周年記念パーティが開かれるんだ。パーティの前に僕は役員会があるんだが、きみはそのあいだ、施設のなかのジムやプールでくつろいでいればいい」

彼女が断りの言葉を見つけられずにいると、ブラントがにっこりした。

「よし！　正装じゃなくてかまわないよ。五時四十五分ごろ家を出るから、支度しておいてくれ。水着を忘れないように」


言い返せばよかった。アニーはジェットバスの泡のなかで後悔した。いつも彼の思いどおりになる女だと思わせてはならない。けれど、ブラントの申し出には逆らえなかった。〈キャドマン・ホテル・アンド・レジャー・コンプレックス〉のジェットバスでくつろぎ、着飾り、知らない人々と出会い、大人のつきあいを楽しむ機会などめったにない。それになんといっても、ブラントと一緒なのだ。

　だけど彼はなぜ私を誘ったの？　すでにあの日、これ以上事態を複雑にしたくないとブラントは言ったのだ。今夜は彼のガールフレンドの都合が悪かったのだろうか？　それとも同じ屋根の下に暮らしている私を義理で誘ったの？

　アニーは自尊心を傷つけられた。同時に、先ほどのブラントの指摘が正しいと認めるのがつらかった。彼が怖い。彼女をとらえて放さない彼の強烈な魅力が怖い。急に今夜のことが厳しい試練なのだという気がして、彼女は身を震わせた。

　それでもいい香りのする湯にのんびりつかっていると、気分がよくなった。心身ともにリラックスし、身支度を整えて、贅を尽くしたホテルの玄関ロビーでブラントと落ちあう。

「すてきだよ」彼女を見て、ブラントはためらいがちに言った。「目が覚めるようだ」

　その日のアニーの装いは白いトップに白いスラックスで、どちらも流れるようなラインが美しかった。髪は品よくまとめてあったが、毛先が無造作に顔を縁どり、あらたまった感じはしない。化粧もしてある。

　いいえ、化粧ではない。作品よ！　絵の具を扱うように紫と赤をまぜた色で唇と爪を飾り、まぶたを藤(ふじ)色に塗り、マスカラでまつげをドラマチックなほど長く仕上げると、濃い色の瞳や髪と調和して、いつものようにすばらしい出来映えだった。

　ブラントの姿も彼女の胸を高鳴らせた。真っ白なシャツとダークスーツという上品な装いは、鋼のようにたくましい体をいやでも意識させる。

「おいで。共同経営者たちに会わせたい」ブラントが腕をさしだした。シャンデリアの輝く広い部屋に入るなり、アニーは注目の的になるのがどういうものか知った。

人々がいっせいに振り向き、彼女の傍らにいる男性に目を釘づけにした。彼が引き寄せるのは女性の関心だけではなかった。男たちは、ウォレンがそうしたように、ブラントの恩恵にあずかりたくて気を引こうとする。アニーは見えないスポットライトを浴びている気分だった。

「楽にして」自分の腕をつかむ彼女の指がこわばっているのを感じたかのように、ブラントがささやいた。「緊張しなくていい」

そんなの無理よ!

「みんな、裸で赤い鼻をしていると思えばいいさ」

その言葉は効き目があった。アニーはこらえようとしたが、笑いを抑えられなかった。

「その調子だ」彼女が落ち着いてきたのを見て、ブラントはほっとした。

予想に反して、ブラントの会社の仲間や取り引き相手は愉快な興味深い人ばかりで、彼女のことを詮索するような人はいなかった。

すてきなビュッフェ料理を次々に食べながら、アニーはブラントの仕事仲間から、ゴルフボールをなくした話や、彼の妻が休日にカヌー遊びをしたときの陽気な話を聞いたりした。そのうちアニーはひとりになっていた。

「おやおや、まさか僕の迷子のアニーじゃないだろうな。同じ街にいてもぶつからないのに、こんな郊外ででくわすとは！」

振り向くと、誰もが認めるハンサムな男性がはしばみ色の目で親しげに見つめていた。アニーの気分は急に沈みこんだ。

「ウォレン」しぶしぶといった感じで言う。「もうあなたのアニーじゃないわ」

「だけど、今でもきれいだよ」つれない態度をとられても、ウォレンは最高の笑みを浮かべてみせた。実際、手入れの行き届いた褐色の髪から、ジムでみごとに鍛えた体を見せびらかすために選んだあつらえのスーツにいたるまで、彼のすべてが〝最高〟だった。「もっかの幸運な相手は誰だい？　まさかキャドマンじゃないだろうな？」

アニーは彼の視線を追って、ブラントにたどり着いた。彼は美しい女性二人を相手に話していた。二人とも三十代くらいで、ずいぶん前から彼の関心を引こうとしている。

「彼とは仕事で来たのよ」要するにそういうことだ。

「どんな仕事だい？」ウォレンの声がふいに甘くなった。「彼の広報担当か、それとも個人的な手助けか？　彼のベッドを温めるとか」

「ばかなことを言わないで！」アニーは頬を真っ赤にして言い返した。

「だけど、上司と腕を組んでパーティに出られるのは特別な社員に決まっている、と誰かが言っていたな」

もちろん彼の言うとおりだけれど、ブラントは人の憶測を深めるようなまねはしていない。二人はみんなとおしゃべりしているだけだ。

「ウォレン、キャロラインはどこ?」アニーは彼の言葉を無視して尋ねた。「たしか彼女、そんな名前だったわよね」忘れるものですか！　彼に捨てられる原因になったブロンド美人の姿を捜すように、彼の肩越しに視線を向ける。

ウォレンは肩をすくめた。「彼女とはもう友達の仲だ」

「うまくいかなかったのね」

「彼女は結婚したがったけど、僕は違った」

「聞いたような話だわ」

「すまない」

「すまない?」アニーはそっけない笑い声をもらした。「何がすまないの?」

「僕は心の準備ができていなかった。怖かった。及び腰になっていたんだ」

「逃げ腰でしょう」

「そう言われても当然だ。僕がばかだった。だけど、きみさえよければその埋め合わせをしたい」

広い部屋にさんざめく話し声や笑い声が、怒りと驚きでぼんやりしていった。ウォレンのアフターシェーブ・ローションのいささか鼻につく匂いだけが鮮明になる。

「あなたとかかわるつもりなんか、さらさらないわ！」

たちまち彼の口元がこわばった。「すまない、と言っているんだよ」

「だから、どうしろと？　ひざまずいて感謝の気持ちを表せばいいの？　残念だけど、別の女性を見つけて。あなたのために時間と愛情を無駄にするような人をね。あいにく、私は違うわ」

アニーは作り笑いを浮かべたまま、何げなくブラントのほうを見た。彼が険しい目でこちらを見つめている。そのとき女性たちのひとりに声をかけられ、ブラントが向きを変えた。アニーはなぜかとり残された気がした。

「何を望んでるんだ、アニー？　彼が独身のあいだにつかまえようというのか？　そんなこと、うまくいくわけがないだろう」ウォレンが鼻で笑った。つれなくされて彼は憤慨していた。

あのパーティでアニーがブラントと一緒だったことに、彼女が傷ついた心を隠そうとして雇主と臆面もなくなれなれしくしたことに、ウォレンは気づいていたのだ。

「なんの話かわからないわ」アニーはとぼけてみせ、まつげの下からブラントを盗み見た。

彼は長身で美しいほうの女性の話を聞いている。嫉妬の炎が燃えあがり、アニーははっとした。

「彼のどこがそんなにいいんだ？　あの冷たそうな顔か？　力か？　彼はものすごい精力の持ち主らしい。それとも金か？」

「ウォレン、誰もがあなたのように良心がないわけじゃないのよ」

「そろそろ成長して悟ったらどうだ」ウォレンは高級なスーツのポケットに手を入れ、子供でも見るように彼女を見下ろした。「きみはただの代用品なんだぞ。彼とは住む世界が違う。自分の立場をわきまえて、もっと確かなものに狙(ねら)いを定めるんだな」

「どういうこと、私の立場って？」

ウォレンはワインを飲み、ずる賢い笑みを浮かべた。「きみには子供がいると誰かが言っていた」

アニーははっとした。ショーンやジャックとあまりにも長いあいだ離れてしまった。

「ええ、いるわよ」

ウォレンが眉をぴくりとさせたのを見て、息をつめる。

「へえ。海外に渡って、威勢のいいラテン系の男に出会って……男あさりか？」

ウォレンはどうにかして私を侮辱したいのだ。今ではアニーは彼に捨てられたことを感謝するばかりだった。いったいウォレンのどこに魅力を感じたのか。冷たい偽善を見抜けなかったなんて、自分は愚かだった。幸い、最悪の屈辱は受けずにすみそうだ。彼は私の子供がいつ生まれたか、知らないのだ。子供の父親のことなど疑いも……。

「客の相手をしたほうがいいんじゃないのか、マドックス」すぐ背後から低い声がし、アニーは振り向いた。「さもないと、年度末に給料がもらえなくて、つまみ食いもできなくなるぞ」

彼はウォレンの言葉を聞いていたの？　アニーの元婚約者は、ブラントの威厳によって、見かけも態度もたちまちしぼんだようだった。

「そのとおりです」ウォレンが雇主に愛想笑いを浮かべるのを見て、アニーはぞっとした。

「また会おう、アニー。一緒にランチでも」

彼女はブラントと目を合わせるのを避けた。彼のいらだちが恐ろしいほど伝わってくる。

「荷物をとってくるんだ」ブラントは耳ざわりな声で言い、彼女の手からグラスをとりあげて、すぐそばのテーブルに乱暴に置いた。「帰ろう」

ブラントは彼女をクロークルームへと引きたてていった。そこに濡れた水着とタオルがあずけてある。なぜ彼が機嫌を悪くするの？　ブラントの広大な屋敷に向かう車中、

「ウォレンが来ることは知っていたんでしょう？」屈辱を受けたのはこの私なのに！

アニーはとがめるように言った。自分のこぢんまりした家の気安さが恋しくなる。「だから私を連れていったのね。どうして？　私の反応を見て楽しんだの？」

「ばかなことを言うな」ブラントの顔に反対車線の車のライトが陰影をつくっている。

「きみがショーンの、いや、ジャックの父親に会うなんて、思ってもみなかった」彼は、自分がこの二年間育ててきた子供が実の子ではないという事実をいまだに受け入れたくな

いのだ。「これ以上事態を複雑にしたいわけがないだろう。たしかにマドックスはうちの社員だが、ここに来るとは思ってもいなかった。おおかた、誰かの顔でただ酒を飲みに来たに違いない。それより、きみは彼と会うのをなぜそんなに怖がるんだ？　今も彼を愛しているなら別だが」

アニーはあっけにとられてブラントを見た。「そんなばかだと思っているの？　私にも分別はあるわ。私は彼を軽蔑（けいべつ）しているのよ」

朝から降りつづいていた霧雨がようやくやみ、ブラントはワイパーを止めた。車は木々の枝がたれさがった田舎道を走りぬけていく。ヘッドライトが闇（やみ）を切り裂き、濡れた路面に反射している。

「それにしては、彼に話しかけられてうれしそうだったが」

「ええ、最高にうれしかったわよ！」彼の皮肉な口調に合わせてアニーは言い返した。

「何を気にしているの？　崇拝者たちのお相手ばかりで、私とはろくに話もしなかったくせに」

「そういうことか」ブラントはさらりと言った。今さら遅すぎたが、アニーは自分が愚かなことを口走ったのに気づいた。車が門のわきで止まり、ライトが消えて、二人は闇に包まれた。「僕の関心を引きたいなら、すなおにそう言えばいい」

5

アニーは警戒し、目を光らせた。胸の鼓動が抑えられないほど激しくなる。

「いやよ、ブラント！　だめ」

彼の重みでやわらかな革のシートがきしんだ。

「そんなことはないさ」ブラントは彼女に身を寄せた。「だめじゃない」

彼は先日、アニーの家でキスをした。きのうとも大昔とも思えるあの運命の夜には、体も重ねた。だけど今、彼女は心の準備ができていなかった。

彼のキスは優しく、なつかしかった。その感触や味わいや匂(にお)い、力強い手は彼女の意識に刻みつけられている。アニーは受け入れるような甘い吐息をもらした。

彼の背中に腕をまわすと、黒っぽい上着の下の体が張りつめた。アフターシェーブ・ローションのほのかな香りと、もっと官能的な男っぽい匂いがまじり、アニーの鼻を刺激する。

ブラントが顔を上げたとき、二人とも息づかいが荒かった。

「きみは以前、マドックスの目の前で僕を誘惑し、激しく身をまかせた。そして相変わらず、僕に応(こた)えてくれる。こんなにも美しく」

彼はアニーの口の端に、顎にキスをした。唇は肌をすべり、香水の香りのするやわらかな喉に触れた。

二人だけの世界に閉じこめられ、アニーは静けさのなかで喜びの小さな声をあげた。幹線道路を走る車の音が遠くからぼんやり聞こえる。

かつて彼女はウォレン・マドックスを愛していると思いながらブラントとベッドをともにしたが、彼にひと晩抱かれただけで、もう一方の男性への思いはあっけなく消えてしまった。

「彼をいくら求めていても、きみがキスされたいのは僕だろう?」ブラントは彼女の秘密を見抜き、かすれた声で言った。「激しい情熱に火をつけてもらい、ベッドに連れていってほしい相手は僕だ」

「違うわ」アニーはささやき声で否定したが、それがばかげているのはわかっていた。

「違う?」ブラントはゆっくり頭を下げ、白いキャミソールの襟ぐりからのぞく、いい匂いのする胸の谷間に舌を這(は)わせた。

薄いキャミソールの下でアニーの胸は、彼の荒々しい巧みな手を求めてうずいている。鋭い欲望が下腹部のあたりを突き刺す。

「これでも？」アニーを見てブラントはあざけるように言った。彼女の髪は肩までほどけ、長いまつげの下の大きな目はけだるそうだ。「まさか」彼は突然険しい声を出した。「マドックスが恋しくて、その欲求不満をなだめるためなら誰でもいいというわけじゃないだろうな」

「本気でそう思うの？」

ブラントは答えなかったが、もう一度キスしたときには、こらしめるような厳しさがあった。

「そろそろ彼を忘れてもいいころだ」ブラントはかすれた声で言い、体を離した。「あの出世欲の強い男を頭から追いだすには、真のすばらしい愛を経験するしかない」

あなたが私との関係を終わりにしたら、誰があなたを頭から追いだしてくれるの？

「僕の崇拝者とやらだが」ブラントは穏やかに言い、運転席に座り直してエンジンをかけた。「彼女たちはわが社の顧客の妻だというにすぎない」

アニーはたしなめられた気がしたが、おかしなほど安心もしていた。それにしてもばかなまねをしたと思う。どんな形であれ、ブラントを誘うようなまねはできない。彼が言ったように事態をややこしくするだけだ。それに、二度と男に傷つけられるはめには陥るまいと心に誓ったのだ。

ウォレンの裏切りからはずいぶん前に立ち直ったけれど、ブラントが相手となると、そんなわけにはいきそうもない。

一夜限りの情事だろうと、あんなにすばらしい瞬間を分かちあったあと、私はブラント・キャドマンを頭から追い払おうとしなかったのだから。

廊下で甲高い声があがった。広い家事室の洗濯機の脱水音が止まり、アニーは話し声をはっきり耳にした。

「だて男でもあるまいし、僕はシャツをいっぱい持っているわけじゃないんだから！　母さんも知っているだろう」

フェリシティが長いため息をつき、しばし沈黙が流れた。

「ええ。でも使用人たちの前で悪態をつくのはやめて。品が悪いわ」

「家で洗濯物がしょっちゅうなくなったりしたら、誰だって悪態をつくさ！」

「しょっちゅうじゃないわ、ブラント」フェリシティの口調はなだめるようだった。「前に一度、ドレスシャツがなくなっただけよ。あの娘はちゃんと謝ったでしょう」

アニーの耳に、若い娘がもごもご謝る小さな声が聞こえた。

ブラントは虫の居所が悪いらしい。誰が叱りつけられているのかわからないが、アニーはかわいそうになって身震いした。とはいえ、彼のことは責められない。使用人がしょっちゅうシャツをなくすほど無能なら、いらいらするのも当然だ。

するとと若いメイドが真っ赤な顔で家事室に駆けこんできて、使用人の住まいに上がる階段に通じるドアから出ていった。メイドが泣いていたのは間違いない。裏階段を駆けあがる音がした。

アニーはショーンの汚したものを洗おうと、家事室にこっそり入りこんでいたのだ。使用人たちの手をわずらわせるのがいやで、周囲に誰もいない午後の静かな時間を選んでいた。

すばらしい装いの男性が戸口をふさぐように立っていることに気づいたとき、アニーは洗濯機から洗濯物をとりだしているところだった。

「彼女はどこだ?」ブラントがきく。

「彼女って?」ぞんざいな口調にむっとし、アニーは高飛車にきき返した。傲慢な態度や、淡いグレーのスーツに白いシャツと銀色のネクタイでぴしっと決めた彼の魅力が、アニーを落ち着かなくさせる。

ブラントは息を吸い、なおもいらだたしげに言った。「たった今、ここを出ていった娘だ。きみも見ただろう」

「ああ。あなたがいじめていた女の子のことね」

「いじめていた?」ブラントは大股にアニーに近づいていった。「そんなふうに聞こえたのか?」

アニーは洗濯機の上で衣類をたたみはじめた。ショーンの赤いチェックのシャツ。彼女の紫のタンクトップ。小さな青い胸当てつきズボン。

「私はあなたをとがめたりしないわ」カラフルなソックスを何足かとりだしながら、彼の非の打ちどころのない服装に比べて、白いトップとジーンズという自分の格好が急にだらしなく思えてきた。「あなたが使用人にしたようにはね」

「きつく当たりすぎたかもしれないが、正装して慈善パーティに出なきゃいけないのに、着ていくつもりのシャツが消えてしまったんだ。しゃくにさわるのは当然だろう。時間がないというのに……」日に焼けた力強い手首を出して、いらだたしげに腕時計をのぞく。

「もう六時十分だ。悪いが、僕らは七時きっかりに行かなければならない」

僕ら？　フェリシティは今夜、詩の朗読会に出かけることになっているし、ブラントはアニーを外出に誘っていない。となると、誰かほかの女性と出かけるのだろう。

「シャツは洗濯物と一緒じゃないかもしれないわよ。あなたの衣装だんすにかかっているか、あるいは誰かさんのところに置いてきたか」

辛辣（しんらつ）にほのめかしたアニーは、手を伸ばし、衣類を二枚とりだして洗濯機の上にどさっと置いた。ワイン色のコーデュロイの小さなズボンをソックスの山の上で無造作にたたみ、ピンクのコットンシャツをつかむ。

ピンクのコットンシャツ？

アニーはシャツを持ちあげて調べた。襟の下に有名デザイナーのラベルがある。彼女はうろたえ、心が沈むのを感じた。

「どうした、アニー?」やんわりとあざけりのこもった声がした。

振り返ると、すぐ背後にブラントがいた。アニーは色移りして台なしになったシャツを眺め、信じられない思いで彼を見た。

「まさか、そんな……」ああ！　私は彼になんて言った？　使用人を不当にいじめているとか、彼の女性関係にまで立ち入るようなことを口にした。またしてもへまをしてしまった……。「洗濯機に入っていたのね……」

「そのようだな」

「洗いおわった衣類は……」

ブラントは眉をひそめた。「え?」

「なかから出したはずなのに」

「全部じゃなかったんだろう」

アニーは唇を噛んだ。「どこかに引っかかっていて見えなかったんだわ」

「つまり、きみは色落ちしやすい衣類を入れる前に、確認しなかったんだな?」

「したわよ！」そういえば彼は大学を出てからの数年間、自活していたのだ。アニーはほつれた髪を耳にかけ、哀れなシャツを染みひとつないあつらえのスーツに当てて、おずおずと言った。「グレーにはこのほうが合うわね」

ブラントの口元に何か浮かんだ。面白がっているのだろうか？

「ごめんなさい」最初は壁紙。今度はこれ。「あなたはへまをしたことはないの、ミスター・パーフェクト？　ナオミはしなかったの？」

ブラントが顔をこわばらせたので、アニーは言いすぎたと思った。だが、すぐに彼は答えた。「ナオミはなんでも使用人にまかせていた」きみもそうするべきだ。口にこそ出さなかったが、彼はそう考えているのだ。

「私は、あなたのように」あるいはナオミのように、と内心つぶやく。「人をこきつかう名人じゃないもの」ブラントの鋭い視線と目が合い、アニーは言い直した。「というか、何をすべきか教える名人じゃないから」

「それが彼らの仕事だ。僕はその分、たっぷり給料を払っている。それに、彼らはこきつかわれているなんて思っていないさ」ブラントは彼女の手からシャツを奪いとった。

「悪かったわ」アニーは彼の最高のドレスシャツをだめにしたばかりか、弁償する手立てもなかった。シャツが相当高価なのはラベルからわかる。絵を売った金で弁償できるはずもないので、申し出ることさえしなかった。「あの子に謝ってくるわ。巻き添えを食わせてしまって気の毒に」

「彼女には僕から話す。きみの言うとおり、彼女をうろたえさせたのは、この僕だ」

ブラントは背を向けて部屋を出る際、ドアのわきにあったプラスチックのごみ箱の蓋を開けた。彼が災難にあったシャツをなかに落とすのを見て、これでおしまいだとアニーは悲しくなった。

「まったく」ブラントは独り言のようにつぶやき、驚いたことに引き返してきた。「何が気に入らないんだ？」

アニーはいたたまれず、何か手を動かしていようと、洗濯機のなかから最後の洗濯物をつかんだ。あいにく、それは黒いシルクの小さなショーツだった。彼女は熱い石炭でもつかんだかのように、たたんだ衣類の上にすばやく落とした。

魅力的な下着を見て、ブラントは口元をねじ曲げ、黒いまつげを伏せた。「きみはとり決めが気に入らないんじゃないのか？」

そうだと言えたらどんなにいいか。言えたとしても、その理由は口にできない。

「必要なものがあるのか？　欲しいものでも？　あるいは……誰かに会いたいとか？」

「私はただ、以前のように生活を安定させたいだけよ」いったん口を開くと、アニーは止められなくなった。「朝起きたら絵が描けると思いたい。今は集中できないもの。私の子がほかの女性の子だとわかってからずっと！　この立派なお屋敷の規則を破っちゃいけないから、思うように動けないし。それに、そうよ、会いたくてたまらないわ、私の猫に！」

アニーが感情をぶちまけているあいだ、ブラントの顔には同情や怒りが浮かんでは消えた。そして今は……何？　安堵感？　でもなぜ？　私がどこかにひそんでいる恋人と一緒にジョーンを連れて出ていくと恐れていたの？　ジャックも一緒に連れて逃げると？

「要望が多いな」彼は静かにからかった。「それなのに、使用人を虐待してきみを厳しく管理する暴君と暮らしている。そういうことか？」

ブラントが笑うと、目尻にしわが寄り、ずっと近づきやすく見えた。とはいうものの、彼があまりにも近くにいるせいで、アニーはどぎまぎした。「使用人を叱りつけたことはともかく、私はあなたをとがめてなんかいないわ。ただ、将来あなたにぴったりの人が現れればと思うだけよ」

「つまり、きみのような女性、とでも？」ブラントはアニーの襟足に手をすべらせた。彼女の体を官能の震えが駆けぬける。ブラントの長い指が首に触れ、手のひらが彼女の顎を包む。「きみは燃えるようだ。どこもかしこも」

「ぴったりの人と言ったのよ」ああ、なぜこんなかすれた声しか出ないの？

「そうさ。知っているだろう……」ブラントは彼女の唇の端にキスをした。「きみは僕にぴったりだ。きみは小柄だが、過去の経験から言うと、僕ととても相性がよかった」

頬にかかる吐息が官能をかきたてたが、アニーは彼がこれからほかの女性と出かけるところだと思い出した。自分は彼にとっていつも気晴らしの相手でしかないのだ。

アニーはあとずさろうとして洗濯機にぶつかり、動きがとれなくなった。感じやすい耳に彼の舌が這い、心とは裏腹に彼女の体は目覚めた。

「きみが手なら、僕はその手にぴったりの手袋だ」深みのある声がなおも彼女を悩ます。「ビロードのようになめらかな手袋が、あのときのように、切ないほどの歓喜から解放してくれときみが懇願するまで愛撫したがっている。でも残念ながら……出かけなければならない」

ブラントは頭を起こしたが、その指はいまだに彼女の喉を軽くさすっている。

失望感にアニーは顔を曇らせた。「ええ、彼女を待たせちゃいけないものね」

「妬いているのか。その減らず口をなんとかしないとな。ほかの女性を待たせていたら、こんなことができるものか」

アニーの体から手を下ろし、ブラントは真剣な顔になった。

「今夜は慈善事業の基金調達のための晩餐会で演説することになっている。残念ながら集まるのは男ばかりだ。だから、今僕にしたようなことを、血気さかんなビジネスマンたちを相手に行う危険を冒したくないなら、家で丸くなって本を読んでいろと提案するね。きみが行ったら、彼らの餌食だ」

アニーはブラントが大股で離れていくのを見つめながら、彼がほかの女性と会うのではないことを喜んでいる自分を蹴りつけたかった。

「それから、アニー」いきなりブラントが振り返った。彼女は顔を赤らめた。「今度カトリーナのところに行って、猫を連れておいで」

翌日、アニーは友人の家にバウンサーを引きとりに行き、豪華な屋敷に連れ帰った。籐のバスケットに入れられて屈辱を受けた猫は、終始鳴いていた。

ショーンとジャックは興奮したが、とくにジャックがすごかった。一度もペットを飼ったことのないジャックの様子にアニーは胸を打たれた。ぶち猫はバスケットから飛びだすなり、二人の幼子の手の猛攻撃にびっくりして育児室から飛びだし、階段を駆けおりてキッチンに入ると、ガスオーブンの上に身を落ち着けた。

次の週は順調に過ぎていった。病院は二人の新生児がなぜとり違えられたか調査を始め、彼らだけがとり違えられたことや、ほかの子供が巻きこまれていないことを確認するためにもＤＮＡ検査を受けるべきだと勧めた。

「ばかげてるわ！」ブラントから話を聞いてアニーは声を張りあげた。なぜこんなことが起こったのか、アニーはいまだに混乱し、憤慨していた。「どうして他人の赤ん坊と混同されるの？」

「きみの気持ちはわかるよ」彼女は検査を受けさせたくなかった。

「きみの気持ちはわかるよ。でも、ジャックがきみの息子なのはすでに明らかだ。前にも言ったが、この先の検査は、ジャックの場合は形式的なものでしかないが、ショーンとなると……」

彼らは二人で庭を散歩していた。子供たちはベッドのなかにいる。夕日が芝生の背後の木々を赤く染め、ブラントの顔に陰影をつくっている。

「これまではジャックが自分に似ていると自分をごまかしてきた。でもこれからはどうだ? ジャックが僕の子じゃないと言われたんだ。それを受け入れるとなると、きみが渡された子供が僕の子だと確かめなくてはいけない。ナオミが死ぬ前に産んだ子だと。彼女のためにも調べなくては!」

アニーのなかで、何か説明できないものがねじれた。

二人はブロンズ像のある生け垣のそばにたどり着いた。夕日に照らされたブロンズ像はまるで息を吹きこまれたように見える。アニーはブラントのほうを向いた。彼も同じことを考えているようだ。精悍(せいかん)な顔に心の葛藤(かっとう)をのぞかせ、彼女には入りこめない世界をつくっている。アニーは疎外感と孤独を感じた。だが、ショーンが彼の子ではないかもしれないと思ったことなどなく、二倍の苦悩に心を引き裂かれた。

「あなたはいいわよ、あの子を育てていないんだから! 看病したり、泣いたときになだめたりしたこともないし、歯が生えるのも見ていない。ショーンがあなたの子供じゃないと言われたら、私は耐えられないわ。あの子を完全に失ってしまうような気がするもの」

アニーはブラントの関心を引き戻した。彼は心を揺さぶられたように、その目をいっそう鋭く光らせ、何かを探り見ている。

「だって……私はあなたを知っているもの」自分が感情を爆発させて必要以上のことを言ったのではないかと恐れ、アニーはすかさず言った。

「いや、知っていないよ」ブラントはブロンズ像に視線を戻した。いつのまにか日差しが弱まり、像も生気を失い冷たくなっている。ブラントは彼女のいる世界に戻り、運に身をまかせるような、欲望を抑えた仮面をつけた。「きみさえ了解してくれればいいんだ、アニー」彼はつぶやいた。あまりにも穏やかな声に、アニーは受け入れるほかなかった。

結果はすぐには出なかった。あらゆることに時間がかかるように思えた。環境に慣れることにも。アニーがブラントの屋敷を出て、もとの生活に戻る日が来ることも。そしてDNA検査の結果も。

「あなたはジャックが自分に似ていると思っているかもしれないけど、どんなことだって想像できるわよ、まだ赤ん坊なんだから」翌朝早く電話したアニーに、母親は言った。

「とにかく、ショーンはうちの子よ」

ジェーン・タルボットはいまだにそれ以外のことを信じようとしない。だから物事を受け入れるのがいっそう難しくなるのだとアニーは思った。両親はジャックを見たことがないし、ブラントが送るようにと渡してくれた写真はまだ彼らの手元に届いていない。彼らには、二人の子供のあいだで心を引き裂かれる思いがどんなものか、わかるはずもないのだ。両親は、彼女が早々とブラントの屋敷に移り住んだことも気に入らないようだった。

「だいいち……彼は何者なの？　お父さんも私もとても心配しているのよ」

「心配いらないわ」アニーはこの話を切りあげたくていらいらしていた。「彼と一緒に働いていたのよ。というより彼は経営者だから、せいぜい一、二度しか会ったことがないけど、いい人よ」

カリスマ性と知性と権威の持ち主ブラントを言い表すには、まるで不的確な言葉だった。

その日、ブラントは街に出かけ、フェリシティは友人の家を訪ねていき、エリーズは子供たちをピクニックに連れだした。アニーは寝室の窓から庭をスケッチしようとしたが、結局あきらめた。

やがて、子供たちを寝かしつけるエリーズを手伝ったあと、アニーはまたひとりになったので、ふたたび創造の翼を広げようとした。けれど、先ほどの母との会話に心を乱され、どんなに身を入れようとしてもうまくいかず、すっかり打ちひしがれてバウンサーの様子を見に下りていった。

バウンサーはこの屋敷に来てからずっと外に出たがって鳴いていた。この環境に落ち着いてからはや一週間がたつし、そろそろ出してやってもいいかもしれない。そういえば、住みなれていない家に猫を戻らせるには、足の裏にバターを塗ればいいと聞いたことがある。それなら簡単そうだ。幸い、ぶち猫はキッチンの椅子の上で丸くなっている。使用人の手を借りて猫を裏口に運んでいるとき、誰かが鍋の蓋を落とさなければ、うまくいっただろう。アニーは、驚いて暴れだしたバウンサーを必死でとり押さえようとした。猫は調理台からたれている布巾に爪を立てたが、あいにく布巾にはゼリーの入った容器がのっていた。

頭の上からいろいろ落ちてきて、あわてふためいたバウンサーは、キッチンから飛びだし、いちばん近い豪華な応接間に入った。

あとを追っていくと、猫はソファから下りるところだった。アニーはぎょっとした。猫はいったん足を止め、体をぶるっとさせた。

毛足の長いペルシア絨毯の上に立ったアニーは、どろどろしたみかんの果汁がソファの背からたれるのを呆然と見つめた。銀白色の布地のいたるところにオレンジ色の染みが飛び、みかんの輪切りが二枚クッションにくっついている。

フェリシティ・キャドマンの小さな叫び声が聞こえ、アニーはあわてて戸口のほうを見た。

ブラントの母親はすでに姿を消し、使用人を急いで呼ぶ彼女の声が聞こえた。そしてアニーのすぐ近くに、ブラントがそびえるように立っていた。

悲惨な家具を見て、彼は顔をこわばらせた。アニーは息をのんだ。家具は彼とナオミが一緒に選んだものだろう。ブラントはアニーの視線をとらえたが、その目は何を考えているのかわからない。

「猫よ」アニーはしょんぼりとソファのほうを指さした。「その……外に出そうとしたら……」

「それは早いに越したことはない」

アニーは肩をすくめ、前髪の下からあたりを眺めた。いまいましい猫はどこにも見当らない。「ごめんなさい」

「いつもそう言ってばかりだ」ブラントはべっとり汚れたソファを腹立たしげに見てから、唇を引き結んで彼女に目を戻した。「きみは行く先々で騒動を起こすのか?」

アニーは情けなくなり、もう一度謝ろうとしたが、そのことをからかわれたばかりだと思い出し、肩をすくめて平静を装った。「今に慣れるわよ」

ブラントは眉をつりあげた。「そうかな。そのことできみに話がある」

きたわ! 出ていけと言われるのだ! アニーは突然気が動転した。ショーンはどうなるの? ジャックは?

フェリシティがエリーズを連れて戻ってきた。ボウルやスポンジ、掃除道具らしきものを手にしたフランス娘が、尊大な目で見ている。アニーは大勢の人の手をわずらわせたことに責任を感じた。

「母さん……」ブラントの男らしい口元がゆがんだが、アニーに向けた目は償いをさせるぞと約束して輝いている。「お仕置きに彼女のお尻をたたきたいかい、それとも僕がしようか？」

アニーは憤然として彼を見た。よくもそんなことが言えるわね。しかも雇人の前で！若い娘がくすくす笑っているのが聞こえる。悦に入った顔で、頬がかすかに染まったところを見ると、彼女はたくましい雇主の態度にお仕置き以外のものを感じているようだ。

「アニー、来てくれ」

ブラントの手が彼女の肘をつかみ、部屋から追いたてた。アニーは鞭打ちのお仕置きを受けに学校の校長室に連れていかれる問題児の気分だった。

連れていかれたのはまさにそんな雰囲気の彼の書斎で、アニーは生つばをのみこんだ。きちんと片づいた机、飾り鋲のついた低い革のソファ、重厚なカーテン、真鍮やマホガニーの調度品をすばやく眺める。部屋のドアが閉まる音が聞こえ、アニーは心臓が飛びだしそうになった。

「どうすればいいの？」彼女はブラントにつかまれた手を振りほどいた。彼は憤慨しているようだ。憤慨して当然だ。「机の上にかがみこむ？」

「そうだな……」ブラントはなぜか愉快そうな顔をしている。「それも面白そうだ」彼の目が凶暴に光り、アニーの防御心を鈍らせた。人を引きつける彼の磁力が彼女の自信をむしばむ。ああ、またしてもへまをしてしまった！

天井まで届く本棚を背に、ブラントは腕組みをして立っている。アニーは震えながら、どういうつもりだろうと思った。彼女をはねつけるポーズ？　最後通告をするつもりなら、こちらから手間を省いてあげるまでだ。

「この家は……私には合わないわ」

「まったく同感だ」

「私ったら、へまばかり」

「本当にそのとおりだ」

「この家をめちゃくちゃにしてる」

「それは控えめな言い方だな」

「そうね、わかったわ、弁償するわよ」

「どうやって？　あのソファはひと財産する」

アニーは体を硬くした。「お気づかいどうも！」

「気にしなくていい」

「とんでもない、借金を払いおえるまで、毎日気にするわよ。ひと財産なんて私には払えないかもしれない。それとも体で払えと言われるのかしら」

アニーはもちろんいやみを言ったのだが、ブラントが官能的な微笑を唇に浮かべたのを見て、しまったと思った。

「それは、まともな男ならはねつけられない申し出だな」ブラントは組んでいた腕をほどいて本棚から離れ、警告するように目を光らせた。

「本気で言ったわけじゃないわ！」彼を立ち止まらせようとしてアニーは言い返した。

「以前あなたとベッドに飛びこんだから誤解されているかもしれないけど、また同じまねをするほど頭がおかしいわけじゃないわ！　この立派なお屋敷から出ていってほしいんでしょう。それを言うために、ここへ連れてきたんでしょう。ええ、出ていくわよ。ショーンと私の荷物をまとめて、一時間以内に出ていくわ」

「そんなことはさせるものか！」

部屋を横切ろうとしたアニーは、行く手を阻まれ、立ち止まった。

「何？」

「ショーンはどこへも連れていかせない。とくにこんな時間には」

アニーの目は彼の視線を追って暖炉の上の時計をとらえた。もうすぐ七時半になる。

「あの子は私の息子よ」

「いや、違う」

恐怖がアニーを貫いた。

「私が育てたのよ。私の子よ。必要なら、あの子のために法廷で闘うわ！」

「アニー……」

「裁判にかければ、あの子は決してあなたのものにはならないわ！」

「アニー」

「あなたが私を罠にかけたとわかれば、裁判所は絶対に――」

「アニー！　アニー！」

大声で名前を呼ばれ、彼女は押し黙った。顔は青ざめ、興奮のあまり体が震えている。

「裁判沙汰にして、子供たちの名前を新聞に載せるより、ずっといい解決法がある。これまでは避けてきたが」ブラントは静かに言った。彼女を落ち着けようとして、態度も口調も変えたのだ。

「それはどういうこと？」アニーは興奮を静め、穏やかにきき返した。

ブラントの真っ白いぱりっとしたシャツの下で胸が隆起した。「僕たちが結婚すればいいんだ」

6

「なんですって？」アニーは聞き違いかと思った。

「僕らは結婚したほうがいい」天気のことでも話すように、ブラントがさりげなく繰り返した。

「でも私たちは……だって……心の準備もできていないのに」

「結婚に心の準備ができている者がいるかい？」

あなたの場合はどうだったの？　いいえ、考えるまでもない。彼は亡くなった妻を今でも愛している。彼は私にいらつき、皮肉な言い方をしたのだ。

「でも、あなたと私では住む世界がまるきり違うわ。うまくいくわけがないわよ」

「そんなに違わないさ、アニー。これまでも僕らはうまくやってきたじゃないか」

「だけど……あなたは……」私を愛していないのよ。アニーはほとんど声に出しそうになった。なぜそんなことを考えたのだろう。私は彼を愛しているの？　まさか。「私はあなたを愛していないわ」

「愛してくれとは頼んでいない。世界じゅうで毎日のように愛のない便宜上の結婚が行われている。僕らの結婚は政略結婚のような便宜的なものだと思えばいいんだ」

〝目的を達成するための手段〟ということだ。

何を期待していたの？　ウォレンのようなきざな求愛？

「僕はマドックスがしたような約束はしないかもしれないが、自分が交わした約束は破らない。きみの望みを全部かなえられないにしても、ほかの面は充分満足させると約束するよ」

ブラントとベッドをともにし、巧みな愛の行為にわれを忘れることを考えると、アニーの心は動いた。だからこそ彼を受け入れてはいけないのだ！　ブラントは私がナオミの息子を連れてここを出ていくことを阻止するためならなんでも――結婚でさえする覚悟なのだ。

アニーはつんと顎を上げ、彼のプロポーズをはねつけた。「セックスがすべてではないわ」

「いかにも。だが両親を必要としている子供たちがいるなら、セックスは絶好の出発点になる」

「それでは充分じゃないわよ」

「そうかな？」

彼の表情を見てあとずさったアニーは、机の縁に腿の裏が当たり、はっとした。

「いやよ、ブラント、やめて！」両手を振りかざしたが、彼の強い意志の前には無力だった。唇が近づいてきてアニーの唇に重なった。彼女はうめき声をあげた。自分の弱さに絶望すると同時に、喜んでもいた。

「ああ、アニー……」喉の奥からうめき声をもらし、ブラントはいきなり彼女をソファまで連れていった。

アニーはもはや抵抗しようとせず、革のソファに押しつけられ、熱いキスを受けて、歓喜に震えた。

彼の両手がトップの裾（すそ）から入りこみ、細く引きしまった腹部で器用に動く。ブラントは彼女の首筋に唇を這（は）わせた。

「きみの望みはなんだ？　教えてくれ」

〝きかないで。私に触れるだけでいいの！〟アニーの体が声をあげた。

「教えてくれ」ブラントは小さな真珠のボタンを手際よくはずしている。

アニーは目を閉じていたので、伸縮性のある小さなトップが床に落ちてワイン色のレースのブラジャーがあらわになったときのブラントの顔を見逃した。彼は熱いまなざしを魅力的なカップからのぞく胸のふくらみにそそいだ。温かい息がアニーの白い肌を羽根のようにかすめる。

「僕を見て」

アニーは意思にそむいてブラントの言葉に従った。彼の顔には欲望がありありと見てとれる。ブラントが唇をすぼめて胸のふくらみに軽く息を吹きかけると、アニーの官能はそそられた。彼女の細いウエストをつかんでいた両手がわき腹を撫でて胸まで上がり、じらすように愛撫して、ふたたび這いおりる。

アニーは息をのんだ。熱くうずく胸に手を当ててもらうために彼の手首をつかみたかった。

「なんだい？」ブラントがとぼけて尋ねる。

アニーはもはや彼にどう思われようとかまわず不満のつぶやきをもらし、彼のほうに体をねじった。

ブラントが薄いレースのブラジャーをはずし、片方の胸に唇を近づけると、アニーは舞いあがった。彼との行為が一夜限りの情事だと自分を欺いてきたことが信じられなかった。彼女にとってブラントは大地や空気、水や太陽のようになくてはならないもの。彼女は彼と愛を交わすために生まれてきたのだ。

ブラントの温かい手が胸のふくらみを包み、敏感な頂を親指で転がす。アニーは早くも歓喜の絶頂まで引きあげられた。

すすり泣くような喜びの声をもらし、下腹部のあたりから突きあげる鋭い欲望をなだめようとして身をくねらせる。この欲望をなだめるには、彼にすべてを奪われるしかない。

「ブラント……」ジーンズのウエストに彼の手がもぐりこむと、アニーの腰はびくっと動いた。彼の温かい手が平らな腹部をすべり、彼女を耐えられないほど高まらせる。アニーは快感に溺れながらも、彼に触れたくてたまらなかった。ブラントが経験をつんだ手で彼女のひそかな場所を探っているように、彼と肌と肌を寄せあいたくて……。

ブラントが荒い息をついた。「だめだ、アニー」くぐもった声で言い、彼はアニーを放した。

アニーはがっかりして目を開けた。彼は必死で自分を抑えようとしている。

「やっぱり、僕のベッドに行こう。きみは僕の妻として。そうじゃないと、うまくいかない気がする」

「いやよ」アニーはすかさず起きあがったが、自分が何をいやがっているのか、わからなかった。彼の申し出か、それとも彼が始めたことをやり遂げないことか。

「そんな気がするんだ、アニー」

「いやな人」アニーは小さくののしり、真珠のボタンをまさぐりながら思った。彼はわざとしたのだ。私がどこまで許すか見たかっただけだ。「前はこんなふうにためらわなかったわ」

「ああ、それは……」ブラントは口元をゆがめて息を吐いた。「人は誰でも変わるさ」

「誰でも？」もちろんそうだ。私はもはや気軽に情事を楽しむ人間ではない。ブラントがプロポーズしたのは、彼が欲しいものを私が持っているからだ。彼は私を愛しているとは言ってくれない。当たり前だ。彼のような男性が私に夢中になるはずがない。ブラントは私が彼を求めるのと同じくらい私の体を求めているけれど、ほかの部分では、今でもナオミのように洗練されたタイプが好きなのだろう。そうとわかっていて、なぜ彼と結婚できるの？

「きみにはつきあっている男がいるのか？」ブラントはソファの背に片手を伸ばし、彼女の顔に表れた動揺をとらえて鋭く彼女を見つめた。

「そんな人がいたら、今みたいなことができると思うの？」アニーはあきれて言い返した。傷ついた心が叫んでいる。男とは違うのよ！　快楽をもらうだけもらって去っていく男とは！

「だったら、きみと僕のあいだの問題だ。いや、きみと僕と息子たちの問題だ。ショーンとジャックのことが最優先だ。あの子たちの人生をつらいものにしたくないし、それはきみも同じだろう」ブラントが立ちあがると、革張りのソファが音をたてた。「考えてくれ。それはそうと……」机の前で書類をぱらぱらとめくる。「きみには環境の変化が必要じゃないのかな」

「えっ？」アニーの瞳が曇った。やっぱり彼は私を出ていかせようとしているの？

「南の海岸地方で始める仕事があって、一、二週間滞在する」ブラントは机の角に腰をのせた。「きみたちも来ればいい。きみと子供たちも」

アニーにとって、短期間とはいえ、この立派な屋敷から離れられるのはありがたかった。

「どこに泊まるの？」きっと五つ星ホテルだろう。格式ばってはいても、そこなら失敗してもとがめられない。

「ブルックランズだ」

「ブルックランズ？」

彼は手紙を机にほうった。「うちの家がある」

アニーの望みが少ししぼんだ。そうね、彼ならいたるところに家を持っていても不思議はない。そして、それぞれに使用人が住みこんでいる。

「いいわ」アニーは肩をすくめて応じた。

翌朝、彼らは出発し、途中で休憩して軽い食事をとった。

ブラントは落ち着ける場所を知っていた。そこは幹線道路から離れた人里離れた草地で、ゆるやかな流れの川もあった。

「なんでも自分でするんだな」車にいつも入れてあるタータンチェックの敷物の上で、アニーが早起きしてつくったピクニックランチを食べながら、ブラントが言った。

彼がブルックランズの家には四輪駆動車があると言わなければ、アニーは自分の車で来るつもりだった。だが、どんなに長く滞在しようと子守り（ナニー）はいらない、息子たちの面倒は自分で見るという主張だけは押しとおし、彼を納得させた。

アニーは横座りになり、ショーンにパンを食べさせていた。向かいでは、ブラントがジャックにオレンジジュースを飲ませている。

日差しで彼女の腕や半分むきだしの脚が温まり、ショーンの髪は真っ赤に輝いている。まるでナオミの髪のようだ。なんでも自分ですると言われて、彼女はきき返した。「気にさわる?」

「全然」ブラントは、彼女の膝丈ズボンからのぞく形のいいふくらはぎにちらっと目をやってから、幼児用の蓋（ふた）つきカップをつかんだ。「いいことだ」

それは本心だろう。彼のような男性は内気な女性など妻にしたくないだろうし、アニーがそういうタイプなら、結婚を申しこまなかったに違いない。

ブラントにとって結婚はどんな意味を持つのだろう。結婚すれば社交の場ができる。アニーはロンドンの自宅や、ブルックランズの家や、彼の関係するどんな場所においても人をもてなすことになる。権力者の夫に、そして彼と結婚しているからというだけで彼女にも気に入られようとして集まる人たちに、笑顔を見せなくてはいけない。自分でなんでもするといっても、アニーはそんな表面的なつきあいはごめんだった。

「パーティは好き?」思わずその質問が口をついて出た。

ジュースを入れた蓋つきカップを持ってジャックが離れていくのを見ながら、ブラントは顔をしかめた。

「パーティ?」サンドイッチに手を伸ばすと、カーキ色のチノパンツに合わせた白いTシャツの肩が張りつめた。「なぜ?　パーティの予定でも?」

とんでもないというように彼女は首を振った。

「好きとは言えないな」

ショーンがパンを食べおえ、ジャックのほうに近づいていく。アニーはブラントの鋭い視線が自分に向けられるのを感じた。淡い色合いのVネックの襟元が開きすぎなのが急に気になってきた。ブラントは彼女のなめらかな腰の線からサンダルをはいた足の爪先まで眺めている。

「きみは、どんなパーティだろうと、そんなに楽しめるとは思えないし、その天真爛漫(らんまん)さを損なうようなことはしないだろう。そんなことをすればきっと……」

「失敗する?」アニーは苦笑した。

ブラントの口がゆがんだ。「きみの創造的な才能を伸ばせなくなると言おうとしたんだ。きみみたいな女性にとって、いわゆるいい暮らしというのは魅力がないんだろう」

「まあ」アニーはそれしか言えなかった。ブラントは褒め言葉として言ったのだろうし、彼女も同じようなことを考えていたので、はっとした。だが、ブラントの謎(なぞ)めいた、複雑な性格がわかる気がした。彼女のそういう性格を認めるほどの洞察力があるなら、彼も同じように感じているのでは？

子供たちの笑い声がしたので振り向くと、ジャックとショーンがひなげしを引きちぎっては投げあっていた。彼らのはるか後方で川が隣村のほうに静かに流れている。来る途中通りすぎてきたような石造りの小さな家屋が、午後の日差しを浴びて暖まっている様子が、アニーの脳裏に浮かんだ。木々の上から教会の尖塔(せんとう)がのぞき、近くの野原で鳴く牛の声が聞こえる。そよ風が彼女の髪をなびかせ、野生のすいかずらの甘い香りを運んでくる。

「ここへ誰か連れてきたことがあるの？」それは着いてからずっと考えていた疑問だった。

「あるよ」

きかなければよかったとアニーは思った。

「父だよ。僕が連れてきてもらったんだ。ブライアーズフィールドに釣りに行ったときに」ブラントはアニーが思い浮かべていた村のほうに顎をしゃくった。「雑魚だけどね。釣ったら川に返す魚だ」彼がそんな話をしてくれてアニーはうれしかった。「たしか僕が九歳か十歳のころかな」

アニーは想像しようとしたが、彼の幼い姿なんて想像もつかない。

「父と過ごした最後の休日だった。その翌年、父は死んだ」

「お気の毒に」

「もう昔の話さ」

「尖塔の修理職人だったんですってね」

「父はたくましい労働者で、地道な人間だった。僕は父から多くを学んだ。なぜ母のような上品な生まれの女性が、生まれも育ちもまるで違う粗削りな男と一緒になったのか、不思議だろう?」

「そんな……」

「母の家族もそう思っていた。だから母が父と結婚したとき、親子の縁を切られたんだ。父が若くして仕事中に死んだとき、母の家族が援助してくれそうなものだが、そんなことはなかった。僕らは誰にも頼らずに生きるしかなかった」

ブラントをここまでかりたてた原因がわかり、アニーはなおさら彼のことを理解した。彼のなかで二つの文化がまじりあって多方面にわたる教養が身につき、あかぬけてはいても、妥協を許さない今の性格になったのだ。

そんな進歩を遂げるとは、どんなに強い意志や決断力を持っているのだろう。アニーは身を震わせた。彼はアニーを魅了し、同時に怖がらせた。

とはいえ、彼の子供の扱いはみごとだった。食事が終わるとアニーは敷物の上で仰向けになり、暖かい日差しに腕や脚をさらした。ジャックとショーンがブラントに代わる代わる肩車をしてもらって歓声をあげている。

アニーは薄目を開け、大きな男性が遊んでいるのをこっそり眺めた。ブラントはジャックを肩にのせ、飛びはねながら野原を駆けまわっていた。そのあとをショーンが汽笛のような声をあげて追っている。子供たちは二人とも大喜びだ。ジャックが父親のしなやかな体にしがみついて歓声をあげるのを聞いているうちに、彼にはこんな時間があまりなかったのだろうと思えてきた。ブラントは子供のそばにいたくても、仕事で家を留守にしなくてはいけない。フェリシティには子供と対等に遊べるだけの体力がない。母親がいない分、ジャックはいろんなことを経験しそこなっただろう。

耳のそばで蜜蜂（みつばち）のけだるい羽音がした。眠けを誘うその音を突き破って、ショーンが今度は自分の番だと大声でせがむ。

アニーははっと気づいた。ショーンとて状況は同じだ。彼女は母親としてショーンに与えられるすべてを与えようとした。愛情。居心地のいい安全な家。時間。けれど、それらを与えるためには働かなくてはならず、仕事に時間をとられる。シングルマザーゆえに疲れることも多く、ショーンもいろいろ経験しそこなっているのだ。

彼女の立場にも利点はあり、それを理想的だという人もいる。だが理想の子育てをするためには、考え方の調和のとれた、ともに働き、互いに足りない部分を補いあう父親と母親が必要だ。

〝ショーンとジャックのことが最優先だ〟ブラントがそう言っていた。〝あの子たちの人生をつらいものにしたくない〟

だったら、私が彼の申し出をためらうのは利己的なの？　ブラントが私を愛してくれていないからといって申し出を断るのは、愚かだろうか？　でも彼とベッドでの相性がいいというだけで、息子たちのための家庭を築けるものかしら？


彼らは午後、ブルックランズに到着した。

車が幹線道路からそれて、狭く急な道路に入って谷間に向かったとき、豪華な邸宅に行くものと思っていたアニーの予想はあやふやになってきた。車がのどかなドーセットの村落を抜け、村はずれに立つ建物のそばに止まったときには、自分の予想がまるきりはずれたことがわかった。

その家は、いくつかのコテージをひとつの建物に改築したものだった。真昼の太陽がやわらかな色合いの石壁を金色に染め、玄関ポーチの錬鉄の渦巻き模様にからまる淡い桃色のつるばらが芳香を放っている。小さなガラス窓が開けられ、陽光のぬくもりをとりこんでいた。感動に包まれてアニーは車から降り、優しいそよ風に白いレースのカーテンが揺れているのを見て胸を躍らせた。

彼女が何より感動したのは、あたりに漂う静寂だった。高い生け垣のどこかからつぐみの甘美なさえずりと、家のわきを流れる小川のせせらぎが聞こえるだけだ。

うれしそうなアニーを見て、ブラントがほほ笑んだ。「ブルックランズへようこそ」

アニーはジョーンを抱き、ジャックはブラントにまかせて、彼のあとから家に入った。

外見と同じく家のなかも素朴さにあふれ、もとの姿をとどめている多くのものにアニーは心を奪われた。樫の梁、石の床。間仕切りのないのびのびした空間と、こぢんまりと落ち着いた部屋の片隅。樫でつくられた棚が並ぶキッチン、暖炉と丸太を積みあげた炉辺がある広々とした居間。家じゅうが個性的な魅力にあふれている。

ここは快適さとくつろぎが優先されているようだ。ソファや椅子にはクッションが並び、シンプルなカバーがかけられている。本棚には本がぎっしり詰まり、タペストリーや色あざやかな絨毯や自然な色合いの装飾品が部屋をしつらえている。

なじみの声を聞きつけたジャックが、戸口から入ってきたがっしりした女性に突進していき、彼女の脚に両腕を巻きつけた。

ブラントが二人の女性を引きあわせた。

白髪まじりの茶色い髪に、ふっくらしたばら色の頬、花模様のサンドレスに実用的なサンダルをはいたコニー・ベックスは、田舎の陽気な女性そのものだった。

夫を亡くしているコニーは甥と三匹の犬と一緒に村で暮らし、十二年間このコテージの前の持ち主の世話をしてきたという。

「僕がここを買ったとき、コニーも家の一部としてついていたんだ」ブラントは冗談を言ったが、その笑顔から、彼がこの家政婦に寄せている愛情の深さがわかった。

「小さい子たちを連れていきましょう」コニーが申し出た。彼女はショーンの小さな手をふっくらした両手でつかんだ。「お茶をいれましょうね。この子たちの食べるものも、今キッチンで用意していたんです」

彼女は子供たちと打ち解けた様子でおしゃべりしながら歩いていく。たちまちショーンがなついたことに、アニーは目をみはった。

コニー・ベックスはまるでこの家のようだ。アニーは、ぬくもりと快適さの感じられる飾り気のない室内を見まわした。開け放たれた窓の外に視線を泳がせると、庭も飾り気のない魅力を見せていた。濃い緑のいちいの古びた生け垣、ラベンダーの咲き乱れる花壇、その香りが手作りのパンやケーキのおいしそうな匂いとまじって漂ってくる。色あざやかなポピーや色とりどりの金魚草、そして彼女には名前もわからない赤紫の花。

アニーはうれしい驚きが顔に表れているとも知らなかった。

「ここをどんなふうに想像していたんだい？」ブラントが軽く探りを入れるようにきく。

アニーは彼を見上げた。ふいに二人きりだと気づいて、体に小さな震えが走る。「さあ、どうかしら。私――」

「僕が田舎好きだとは思わなかった？」

そうよ。ロンドンの立派な屋敷のことを考えると、彼はモダンで豪華なものが好きだと思っていた。けれど、ここにはいたずらな手で汚されて困るような高価な織物もなければ、アクリル絵の具を塗りたくられて困るような壁もない。

あの屋敷では絵が描けないと嘆いたアニーに、ブラントは環境を変えようと言った。ここなら制作を邪魔するものはなさそうだ。だから連れてきてくれたの？　それとも安らぎを求めて来ただけ？　ここに来れば、私もへまをしでかさないと思って？

「ここは一年半前に買ったんだ」ブラントは窓辺に近づいていった。チノパンツのポケットに手を入れて満足げにため息をつき、窓の外を眺める。

アニーの目は彼のしなやかな体をじっくり観察した。たくましい腕、Tシャツの下の広い背中、固く引きしまった腰。

「のんびりできる場所が欲しかったから」ブラントが言う。「ジャックと二人きりになれる場所が」

一年半前に買ったのならナオミはここに来たことがないのだ。そう思い、アニーはひそかに安堵した。

7

好天が続き、穏やかな陽気は、やがて真夏の燃えるような暑さに変わっていった。ウェイマス湾は、あざやかな縞模様のデッキチェアや防風林、色とりどりの品物が並んだ露店のあいだにかろうじて白砂がのぞめるほど、観光客でにぎわっている。

けれどアニーの想像力をかきたてたのは、ジュラ紀の石灰岩と、白い泥炭質の壮大な崖だった。赤土と黄色い粘土質の岩、荒涼とした感じの砂土、そして海岸沿いの人里離れた砂利浜は、彼女に畏怖の念と霊感を起こさせた。

「時の流れを感じさせず、いつまでも変わらない」雄大な岩のアーチが紺碧の海に突きだした、有名なダードル・ドアの上の小道を散歩しながら、ブラントが言った。「ずっと昔からここにある。僕らが死んでもずっとここにあるだろう」

何世紀にもわたって自然がつくりだした息をのむような光景を見て、アニーも共感せずにはいられなかった。一週間前、ロンドンの屋敷の堅苦しい生活を離れてここに来てから、アニーの制作意欲はよみがえり、いかんなく腕前を発揮していた。これこそ彼女に必要なものだった。今日は新しい題材にとりかかりたくて、そのための写真を撮りに来たのだ。週末で仕事のないブラントも同行できるよう、コニーが子守りを買って出てくれた。甥(おい)とともに子供たちをろばの保護区に連れていってくれるという。

アニーはカメラを構え、長く険しい海岸線を背に考えこむ、岩の神のようなブラントの姿を写真におさめた。

「撮ったわよ！」あっけにとられている彼に笑いかける。

「こら、やめろ！」彼女がふたたびレンズを向けると、ブラントは手のひらで日差しをさえぎった。

だがアニーはすでにシャッターを切っていた。彼の顔に仕返しの表情が浮かぶのを見て、彼女は小さく叫び声をあげ、逃げだした。

彼の動きは敏捷(びんしょう)で、たちまちアニーはつかまった。彼女のサンダルの爪先が丘の斜面の溝にはまり、足がもつれた。アニーは身を震わせ、悲鳴をあげたが、転んだせいではなく、腕を引っ張られ、彼がのしかかってきたからだった。

「きみの負けだ」彼女がけがをしていないことを確かめてからブラントは笑いながら言い、彼女の両腕を上に押さえつけた。

彼の重みに体が震え、アニーは言うべきことを思いつかなかった。「カメラが」

「カメラは無事だ」ブラントは彼女の両方の手首を片手で押さえ、彼女の肩のすぐ上に落ちているカメラを拾った。「僕を次の絵の題材にするつもりなのか?」

アニーは小さく笑った。「うぬぼれてるわね」

「僕が?」ブラントも笑い、温かい息が彼女の頬をかすめた。誘うように彼の腰を押しつけられて、うめき声がもれる。「だったら、もうちょっとうぬぼれさせてくれ」

アニーは彼のキスを拒めなかった。拒みたくなかった。急に自由になった両手をブラントの背中にまわした彼女は、すっかり降伏して身をのけぞらせた。

ブラントは二人が横たわっている崖のように荒々しかった。彼が欲しい! アニーはつのる欲求に身震いし、彼の興奮のあかしに合わせて腰を上げた。一方、ブラントは彼女の顎から喉、ぴったりしたタンクトップからのぞく、いい匂(にお)いのする胸の谷間へと熱いキスを植えつける……。

「だめだ」ブラントがかすれた声で言い、彼女から離れて上体を起こした。「きみが結婚に同意するまではだめだ」

ブラントはまだそれにこだわっているのだ。

彼にならってアニーも身を起こした。

「それは女性が言うせりふじゃない?」即答を避け、時間稼ぎをする。

「僕の言っている意味はわかるだろう。重大な問題がからんでいるんだ。生命の交換という問題が」

その朝、手紙が届いたときも、ブラントは同じことを言った。それはショーンが彼とナオミの子供だと知らせる手紙だった。ＤＮＡ鑑定が何を明らかにするかアニーにもわかっていた。彼は自分の本当の息子を要求するための確証となるものが必要だっただけなのだ。

〝解決策はひとつだ〟ブラントは言い張った。そのとき庭にいたアニーは、呼吸を整え、開け放したキッチンの窓から聞こえてくる息子の笑い声に耳を傾けようとした。二人の深刻な雰囲気に気づいたコニーが、キッチンで子供たちの相手をしてくれていたのだ。〝その方法をとれば、僕らはどっちの子供も手放さなくてすむ。きみと同じくらい僕もショーンを望んでいることを、わかってくれるだろう〟

必要とあらば彼は裁判も辞さず、必ずやショーンを手に入れるだろう。それは彼の言葉の端々からうかがえる。彼はジャックを愛しているけれど、ショーンは彼の血を分けた子であり、彼が結婚した女性の一部でもある。彼のような地位の人間には血筋は何より大事だろう。

「あなたは二人を交換したいのね？」アニーはそのことに胸をえぐられ、ブラントのほうを見られなかった。

そのとき物音と人の声がした。若いカップルが犬を連れて海沿いの道を散歩している。

「いや」ブラントはカップルに目をやりながら重々しく答えた。カップルは手をつなぎ、とても幸せそうだ。「そんなことはしたくない」

「するわよ。私があなたの……要求を受け入れなければ、するんでしょう?」

ブラントが勢いよく立ちあがった瞬間、アニーは息をのんだ。彼はチノパンツについた雑草を手で払った。

「僕らがどうなるか、誰にわかるというんだ?」

それから数日間、二人のあいだには明らかに垣根ができたようだった。ぴりぴりした緊張感はロンドンの広大な屋敷でなら見すごせても、くつろいだ雰囲気のこぢんまりとしたコテージのなかでは電流のように感じられた。

海岸沿いに開発中のレジャー施設の用件でブラントが外出しているあいだは、コニーが子供たちの面倒を見てくれたので、アニーは二枚の細密画を仕上げにかかった。一枚は、キッチンの窓を背景に淡い色の花瓶に入った深紅のポピーを描いたもので、もう一枚は記憶に頼って、低いひさしの下から突きだした古い雨樋の水を飲んでいる四十雀を描いたものだ。

みんなが留守のあいだ、彼女は現像に出していた写真を受けとりに、ウェイマスまで四輪駆動車で行ってきた。寝室に駆けこみ、大きな真鍮枠のベッドに飛びのって、袋のなかからブラントを撮った写真をこそこそと捜す。

そこには彼の横顔が写っていた。広い額、高い鼻、たくましい顎が、崖や赤い入江やもやのかかった岬を擁する背後の海のように、彼の顔立ちを冷酷に見せている。

庭のパラソルの下でスケッチブックに絵を描いていると、後ろからブラントの声がした。

「きみは僕をそんなふうに見ているのか？」

アニーは筆をとり落としそうになった。まだ数時間は帰ってこないと思っていたのに。

「なかなか……興味深い」彼は首を傾けて絵をじっくり見つめている。

「肖像画でも描いてみようかと思っただけよ」嘘(うそ)をついたせいで、舌がもつれる。

彼女は絵筆を通して女としての自分が切望するものを解き放っていた。太い絵筆で絵の具を大胆に飛びちらせ、今彼女に身を寄せてテーブルに手をついて立っているダークスーツの男性と違う、もっと野蛮な風貌(ふうぼう)の生き物をつくりあげたのだ。この絵のなかのブラントは、強い欲望を示す大きな口と、むきだしの情熱で脈打つ揺るぎない体の線を表している。

「わかるよ」

「いいえ、わかってないわ」うっかり目を上げたアニーは、熱っぽい視線にからめとられた。

危険なまでに熱いものが体にあふれ、コロンの香りがアニーの感覚を妖(あや)しくもてあそぶ。

「ずっと思っていたんだ、きみは自分にふさわしい描き方で描いていないんじゃないかと」

アニーは彼の魅力あふれる瞳に見入ったまま、眉をひそめた。「どういうこと？」

「きみが僕の会社で働いていたとき、きみのデザインを見たんだが、どれも……」ブラントは彼女の絵を指さした。「スケールが大きくて大胆だった。きみには激しく自由奔放な気質がある。きみの魂がもっと大らかに、自由に、と叫んでいるのかもしれない。そう考えたことはないかい？」

アニーは面食らい、喉をごくりとさせた。いったいどうしたの？　これは精神分析？

彼女は警戒心を浮かべた表情でブラントに向き直った。「正確には何が言いたいの？」

「つまり、細密画のようなまとまりのとれた枠組みのなかで表現するのは、きみの性に合わないんじゃないかということだ。きみは細密画の安全な境界線から離れてしまうのを怖がっているみたいで……」

「そんなことないわ！」

「この絵は境界線を大きくはみだして描いてある。抑えてきたものがいっきに噴きだしたんだ」

アニーは息苦しくなった。彼は絵について話しただけではない。二人が激しく惹かれあっていることについてほのめかしているのだ。

「以前はもっと大らかな絵を描いていたわ」彼がほのめかしていることに気づかないふりをしてアニーは言った。「でも、大きいものが必ずしもいいとはかぎらないのよ」

「それはマドックスに抜け殻にされる前か？」

「抜け殻になんかされてないわ！」

「じゃあ、捨てられて心を閉ざしてから？」

「心を閉ざしてもいないわよ。ウォレンのことはほうっておいて。彼は私の絵となんの関係もないんだから」

「そうじゃない。きみの身に起こったこと、これから起こることはすべて関係がある」

そうなの？　そんなふうに考えもしなかった。彼との結婚に尻込みしていることも？

感情に流されて、自分を愛してもいない男性とまた関係を持つことも？

「その、いったい何を期待しているの？」アニーは鋭く彼を見上げた。「たとえ破談になった結婚とはいえ、その二週間前にほかの男性に身を投げだすのは、笑い話じゃないわ！」

「わかるよ。赤ん坊ととり残されるのも笑い話じゃない。でも男はみんな同じだと思わないでくれ。きみは運が悪かったんだ。僕にチャンスをくれないか。僕は彼とは違うということを証明してみせる」

ブラントは離れていった。アニーは大股で家に向かう彼の後ろ姿を呆然と見つめた。

ジャックが風邪で寝こんだので状況は好転しなかった。二日間ジャックは熱を出し、むずかり、天気はうっとうしいほど暑くなった。

ブラントはレジャーセンターの開発に関する打ち合わせで夜遅くなることが何度かあった。そんなある夜、アニーは子供たちを早めに寝かしつけ、時間をかけて入浴してから本を手にベッドに入った。

寝室の窓は開けてあったが、風はそよとも吹かない。暖かい夜に香るあらせいとうがむせ返るような匂いを放っている。明かりを消すころになっても、ブラントは帰ってこなかった。

アニーはひんやりしたカバーを体にかけて暗闇（くらやみ）のなか横たわり、せせらぎの音にまじって彼の車の音が聞こえないかと耳を澄ましていた。やがてあたりの静寂に気持ちが落ち着き、眠りに落ちていった。

目が覚めたのは雷が鳴ったからだった。小さな窓に雨がたたきつけている。

そのとき声が聞こえた。子供が泣いている。

アニーはカバーをはぎとってナイトドレスを身につけ、裸足（はだし）で廊下に急いだ。泣き声はいつも眠りが浅いジャックだった。

雷を怖がっているのだ。アニーはジャックの寝室に駆けこんだ。小さなベッドから、しゃくりあげながら泣く声が響いてくる。

窓の外でふたたび稲妻が光り、黒っぽいタオル地のバスローブをはおったブラントが反対側の戸口から入ってくる姿が照らしだされた。

「泣き声が聞こえたのよ」アニーはささやき、ブラントと同時にジャックのベッドの前に寄った。彼が小さな明かりをつけた。

その光にジャックが目をぱちくりさせて起きあがった。涙を流し、ベッドの両側に立つ二人を代わる代わる見る。

「ジャック」二人がささやくと同時に、家を揺るがすような雷が頭上で炸裂した。

突然ジャックが悲鳴をあげたので、アニーは抱きあげようとしたが、幼子が腕を伸ばした相手はブラントだった。

当然よ。アニーは納得しようとした。ブラントはジャックが知っている唯一の親だもの。それなのに、彼女の腕は実の子をあやしたくてうずいている。

ブラントが息子を揺すりながら、なだめるようにささやいていた。「しいっ、ジャック、ショーンを起こしてしまうよ」

ショーンは廊下をはさんだ向かいの部屋でぐっすり眠っていたが、ジャックの悲鳴は激しい雷雨に負けじと大きくなるばかりだ。

「私に抱かせて」もはや我慢できず、アニーはブラントのそばに行った。

ブラントは一瞬ためらったものの、すぐに子供を渡した。「体が熱いようだ。顔も赤い」

「大丈夫よ」アニーは男の子を抱いてベッドのわきの椅子に腰を下ろし、熱っぽい額に手を当てた。

「風邪をひいてるんだ。医者に電話してくる」

「興奮しているだけよ。私を信じて」

アニーはジャックのやわらかな黒髪に唇を押しあて、なだめすかす言葉をつぶやきながら、その額を撫(な)で、体を揺すってやった。体は熱く、鼻が少し詰まっている。

泣き声がむずかるような声になってきたとき、アニーはジャックが母親との強い絆(きずな)を感じとったのを確信した。すると母親ならではの所有欲にとらわれてはっとなり、自分もこの子を手放すことができないのだと悟った。

赤ん坊が生まれたのは嵐(あらし)の夜だった。病院が停電になり、発電機が動くまで、あたりは騒然となった。その間に赤ん坊のとり違えが生じたのではないかと、もっか調査中だった。

ブラントは、ナオミが死に瀕(ひん)していたのでもっとさし迫った状況にあったが、アニーは違った。腕のなかの赤ん坊はそれまでの心労や屈辱を何もかも忘れさせてくれた。彼女は父親がいない埋め合わせはなんでもすると無言で誓いを立てた。

看護師が赤ん坊を連れ去ったときの小さな泣き声が今も耳に残っている。まもなく病室の明かりが消え、あたりは真っ暗になった。アニーは闇のなかに横たわり、赤ん坊が怖がっているのではないか、母親の息づかいや匂いや感触を恋しがっているのではないかと思った。早く戻してほしいと切に願った。

そばに戻されたとき、赤ん坊は落ち着いて眠そうだったが、アニーのおっぱいが足りなかったのか、さかんに泣きだした。だが、あれは彼女の赤ん坊ではなかったのだ。アニーの赤ん坊はほかの人間のもとに、そう、皮肉にも彼女が甘く激しい一夜を過ごした男性に渡されたのだ。

ブラントは今、眠そうな幼子の頭を肩にのせて座るアニーの姿を見下ろしていた。

「その子は譲れないよ、アニー」あたかも彼女の心のなかで燃えている激しい感情を読みとったかのように動揺した声だった。「その子はずっと一緒だった。眠れない夜も、自分を責めずにいられないときも、その子がいたから切り抜けられた……」

自分を責める？　ブラントは、ナオミの身に起こったことに責任を感じているのだ。

「あなたのせいじゃないわ」

「ああ。でも、きみには僕の苦しみがわからないだろう。僕もきみと同じくらいつらいんだ。出産で妻を失い、彼女が命を落としてまで産んだと思っていた子供を手放さなくてはいけないなんて、つらすぎる……」苦しそうに声がかすれた。「僕はその子の笑顔も涙もかんしゃくも、全部知っている。そんな子を手放せると思っているのか。僕の子だと信じて二年間育ててきたというのに」

彼の苦痛はアニーの心を切りつけた。

これが悪夢で、何もかも間違いならいいのに……。それなら、二人とも自分の子供だと思って、この状況を喜んで受け入れればいいのでは？　ショーンとジャックを自分のものにするためなら、なんでもできるのでは？

雷が遠のき、雨脚も弱まってきた。水かさを増した小川が家のわきを躍るように流れていく。

アニーはぼんやりと思った。混乱のなかに響く声のようだ。時を超えた頼もしい声。真実の声。

ブラントに顔を向け、震える声でアニーはつぶやいた。「この子はあなたの子供よ」

8

永遠に続きそうな静寂を破るのは、小川の流れる音と、チェストの上の時計が小さく時を刻む音だけだった。

「何を言ってるんだ？」ブラントがかすれた声でささやいた。

「この子はあなたの子よ」アニーはもう一度言った。「あなたはウォレンの子だと勝手に思いこんだけど、違うのよ」

「しかし……」ブラントの顔にさまざまな感情が浮かんだ。ショック、驚愕、とまどいも。「そんなことがあるのか？　僕らは避妊していたし、きみはピルをのんでいると言って……」眉間のしわが深くなる。「それに子供たちは同じ日に生まれた。ナオミは難産だったので、ショーンは予定より遅く生まれたんだ。ショーンを授かったのは、僕らが……関係を持った少なくとも……五週間前だった。ジャックが早産だったわけじゃないのなら……」アニーの無言の否定を目にして、彼は言葉をつまらせた。

「三週間ほど早かっただけで、早産ではないわ」おなかの子供が予定より早く生まれそうなことに不安をいだいていたとき、三十七週から四十二週のあいだなら正常な出産だと医師が言っていた。つまり、アニーとナオミは正常な出産の範囲の両極端にいたのだ。

「じゃあ、きみはコンドームによる避妊が失敗しただけでなく、ピルも効かなかったというのか?」

「信じられないわよね。でも、私は肺の感染症の抗生物質を服用していたから、ピルが効かなかったんだろうとお医者さんに言われたわ。ウォレンとは一度もベッドをともにしたことがなかったのよ。彼は自分の仕事に影響するから、私を妊娠させてはいけないと思っていたみたいで。ピルをのむように言い張ったのはウォレンよ。のみはじめたときは、結婚式までほんの数週間だったし、彼とまだ肉体関係を持っていなかったから、私はあのまま結婚するまで待とうと思ったの。おとぎばなしのような結婚にしようと。私はあのときまでバージンだったのよ、あなたに抱かれたあの夜まで……」アニーは喉をつまらせた。

ブラントの顔に驚きと困惑が交錯した。「まったくわからなかった」

アニーは肩をすくめた。「ええ、そういうこともあるんですって」

「なぜ教えてくれなかった?」両手をポケットに入れると、黒っぽいバスローブの前が開き、たくましい胸がのぞいた。彼は傷つき、裏切られたような顔をした。「どうして今まで黙っていた?」

「さあ。私は――」

「なぜだ、アニー？」ブラントの声にはいらだちがこもっていた。

「怖かったからよ」

「何が？」

「そうね、何もかも。ショーンを、そしてジャックを失うことも」

「どんなふうに？」ブラントは眉根を寄せた。

ジャックも彼の子供だとわかった今、ブラントはアニーよりずっと強い立場になった。彼女がショーンを手放すことを拒めば、ブラントはショーンの親権を手に入れるために闘えるし、ジャックを自分のものにする権利もある。彼はショーンのしつけを管理できるし、いつも望んでいたようにジャックのしつけに口を出す権利もある。アニーはしつけがあまり得意でないと自分で思っていた。彼が提案したように、彼と結婚しなければ……。

「推測すべきだった」ブラントが言った。「あの子たちがとても似ていると思うときが何度もあったんだ……。なぜ今まで教えてくれなかった？　きみはいつわかった？」

「フランスから戻ってくるまで知らなかったわ。そのとき、あなたはもう結婚していたもの」

ブラントは鋭く息を吸いこんだ。それは何を表しているのだろう。不毛な質問をしたことへの後悔だろうか？

「そうか……」ブラントは今度は肩をすくめた。

〝あなたは彼女と結婚する予定だったの？　彼女が妊娠したから結婚したの？〟問いかけは喉元でついえた。それは彼の問いかけ以上に無意味だ。小さな明かりのなか、無残に命を断ち切られた亡き妻を思う彼の苦悩がはっきり見える。アニーは絶望の低いうめき声をこらえてジャックを見た。

「たぶん、きみは今、正しいことをする機会を僕にくれたんだな」

「でも、それは正しいこと？」アニーはジャックの温かい体を盾にするかのようにぎゅっと抱いた。避けられない事態から身を守ろうとして。「愛のない結婚をすることが？」

「僕らのあいだに愛は不足しているかもしれないが、それを埋めあわせるだけの子供たちへの愛がある」冷静で感情のこもらない言葉がどれだけ彼女を傷つけているか知りもせず、ブラントはきびきびと続けた。「それにロマンスのない、あるいは、きみの言い方によれば愛のない結婚には、いい面もある」

「どんな？」震える声できく。

「愛に幻滅することもなければ、つまずくこともない。そして傷つくこともないだろう」

アニーは横目で彼を見た。ブラントは愛に傷ついたことがあるの？　ナオミに傷つけられたの？

ジャックが突然咳(せき)をし、腕のなかでもぞもぞと体を動かしたので、アニーはどちらの考えも頭から振り払った。

彼女はジャックを抱きあげ、頬に頬を当てて、あきらめの吐息をもらした。けれどアニーが屈したのはブラントに説得されたからだけではない。嵐のさなかにジャックをあやしていたとき、彼女の将来は決まっていた。かつてアニーは嵐のさなかにジャックを失った。彼女はそんなことは二度としないと自分自身に、そして彼に、無言で誓った。

彼女の顔には、愛情、欲求、挫折感、それらすべてが表れている。

ブラントは両手をポケットに入れたままアニーを見つめていたが、ようやく手に入れた勝利に胸を隆起させた。

「僕らには選択の余地などない。そうだろう？」

その二週間後、二人は役所で式を挙げた。立会人はフェリシティとカトリーナだけで、アニーが予想していた盛大な式とはほど遠かった。

「すごいわ！　彼は早業ね！」式のあと、ブラントのロンドンの邸宅で開かれた小さなパーティの席で、カトリーナが声をあげた。「もちろん、そろそろけじめをつけるころだったけど」アニーのいぶかしげな顔を見て、意味ありげに言う。「私が知らなかったとでも思うの？　当時、あなたは誰かと火遊びをして妊娠したと言ったわね。私は詮索しなかったけど、ジャックは彼の子供なんでしょう？」

アニーはうなずくしかなかった。「彼とは一夜限りだったのよ」

「わかってるわ。あなたはほかの女性から恋人を奪うような人じゃないもの」

「彼のほうはけじめをつけるという意味ではなかったのよ。ジャックのことを知る前から、結婚を申しこんでいたから」

「なるほど。あなたから片時も目を離しておけないのね」カトリーナは部屋の向こう側で強烈な存在感を放っている男性に目を向けた。

ブラントは注文仕立ての黒いスラックスと、広い肩を際立たせる濃い緑のジャケット、それらとみごとな対比をなす真っ白なシャツに純白のカーネーションといういでたちで、フェリシティとエリーズと話をしていた。エリーズは髪を少し高めに結い、雇主の突然の結婚に失望したように口をとがらせている。それでも彼女の体は相変わらず挑発するように彼のほうを向き、私を見て、と叫んでいる。しかしブラントは、誰でも気づくほど熱っぽいまなざしでアニーを見つめていた。

「あなたって、本当に運のいい人ね」カトリーナがため息まじりに言った。

アニーは友人を横目で見た。無数のそばかすを隠すファンデーションをつけていても、彼女の顔が紅潮しているのはわかる。「あなたは彼を好きじゃないと思っていたわ」

カトリーナは顔をしかめた。「女心は気まぐれなのよ」

アニーは今、夫の運転するメルセデスに乗り、この二週間で彼が不屈のカトリーナを陥落させたのだと感慨にふけっていた。もちろん彼は誰でも魅了してしまうけれど。ある日、ブラントは社長室にカトリーナを呼び、彼女がデザインした十代向けの新しいスポーツウエアのロゴを高く評価して、同僚のあいだでの彼女の信望を高めた。またある晩、彼はアニーを家まで送っていったが、カトリーナの車を見るなり故障に気づき、その場で修理してくれた。

〝息子を幸せにしてやってね〟新郎新婦を見送る際、フェリシティはアニーの両頬に軽くキスをし、真剣な面持ちでささやいた。

そして今、アニーは運転席に座る夫となった男性を見やり、義母の願いをかなえられますようにと心から祈った。

彼女が結婚の申し込みを受け入れたのは親子四人がドーセットで二週間以上過ごしたあとで、翌日ロンドンに帰ってからは、さし迫る結婚式とブラントの仕事のため、二人でゆっくりする時間はほとんどなかった。

車がまっすぐ続く道路を走っているとき、ブラントがふいにアニーに手を伸ばした。

「やっと二人きりになれた。今日は楽しんだかい……ミセス・キャドマン？」

「ええ」彼の手がおなかをかすめ、アニーはこの先を予感してぞくぞくした。「でも、父と母には来てほしかったわ」

両親にはブラントと結婚することを電話で知らせていた。ジェーン・タルボットはてっきり娘が妊娠したものと思い、そうじゃないと知らされると、夫がイギリスまでの旅に耐えられるほど元気になるまで結婚式を待ってくれなかったことを嘆いた。

電話でブラントと話した父親は、いつもながら娘を気づかい、アニーに祝福の言葉をかけた。結婚は当人同士の問題だし、昨今は結婚式に時間や金をかけすぎる、今度また式を挙げるなら自分も同じようにやるさと。

「心配しないで」ブラントはアニーにほほ笑みかけ、励ますように手を握りしめた。「近いうちにご両親を呼んで一緒に祝ってもらおう」

二人きりのひとときを楽しむために、二人の息子の世話はフェリシティとエリーズにまかせた。アニーにはその短い旅行で充分だった。

〝きみの好みは質素だな〟ハネムーンにどこへ行きたいかときかれて、またコテージで数日過ごしたいとアニーが答えたとき、ブラントは面白そうに言った。彼女は二人の幼子からあまり遠く離れた場所には行きたくなかったのだ。

〝だから私と結婚するんでしょう?〟アニーは冗談めかして言った。

しかし今、車が幹線道路をそれ、海岸に向かうすばらしいローマ街道に入ると、アニーはなぜブラントが自分と結婚したのかと考えずにはいられなかった。すべてをそなえ、どんな女性も自分のものにできる男性がなぜ? 本当に子供たちのためだけなの? そして私とベッドでの相性がいいから?

彼のような男性はなんらかの感情がないと結婚しないのでは? もちろん愛の告白はさ

れていない。けれど彼は頑固だから、女性に愛の告白をするのにも人一倍時間がかかりそうだ。

「あの子たち、私たちがいなくても四、五日は大丈夫だと思う?」アニーは解決したばかりの不安をもう一方の不安に置きかえて尋ねた。「ジャックはあなたが留守にすることに慣れているかもしれないけど、私はいつもショーンと一緒なのよ」

「何かあったら、母がすぐに電話をくれるよ。さあ、リラックスして」ブラントが優しく笑ったので、アニーはおどおどと笑い返した。

「ごめんなさい。母性本能かしら。あの子と離れると、なかなかほかのことが考えられなくて」

「じゃあ、僕がなんとかしなくちゃいけないな」官能を約束するブラントの声に、アニーの体は興奮でぞくぞくした。

八月初旬の午後から薄暮が迫るころ、二人はブルックランズに着いた。すっかりなじみになった静寂が広がり、聞こえるのは小川のせせらぎと、車に驚いて古いいちいの生け垣から飛びたつ椋鳥(むくどり)の鳴き声だけだ。

「待って」ブラントが、家に入ろうとしたアニーの体を抱きあげ、敷居をまたいだ。

「下ろして」アニーは恥じらうように笑ってささやいた。「コニーがいたらどうするの」

さ」

ブラントの低い笑い声がアニーの声と重なって響いた。「彼女はそんな無神経じゃない

彼はドアを蹴って閉め、長く巧みなキスをしながら、体を押しつけてアニーのスカート

のひだをしわくちゃにした。

それは、結婚式に着たインド綿のロマ風ティアードスカートで、黄緑と金色の模様がつ

いていた。インド刺繍がほどこされた淡い色のキャミソールがロマの雰囲気を強めてい

る。アクセサリーといえば、小さなブーケとおそろいの淡い色のやわらかな帽子を飾った

花の小枝、そして、ブラントが結婚の記念に買ってくれた金とエメラルドのピアスだけ。

ブーケも帽子もロンドンに置いてきた。

「僕のきれいなロマ娘」ブラントは、その日の朝、アニーの姿を見たときに言った言葉を

ふたたびささやき、彼女の体を抱いたままゆっくり床に下ろして背中に両手を当てた。黒

く長いまつげがブロンズ色の肌に陰を落とし、厳しい顔つきがやわらいでいる。

その瞬間、ブラントがとても傷つきやすく見え、彼を愛していることをアニーは実感し

た。私は本当に彼を愛している！

アニーは身を震わせ、彼から身を引いた。

「どこに行くんだ？」ブラントが彼女の手首をつかんだ。

「あそこにメモがあるわ」居間の暖炉の上に白い紙があるのが見えた。夕映えの赤い光が

部屋から廊下に伸びている。「きっとコニーの伝言よ」

ブラントは肩越しにゆっくり視線を向けた。「本当だ」

しかし彼女を放そうとはしない。

「シャワーを浴びてくるわ」アニーは声を震わせてつぶやき、手を振りほどこうとした。

「あとで一緒に浴びよう」ブラントは彼女を引き戻し、美しい目を輝かせた。「でも、ミセス・キャドマン、ここまで引き延ばしてきたことはもう避けられない」彼女の肩に両手をのせ、額に軽くキスをする。「これ以上否定しないだろう」

緊張のあまりアニーは笑い声をあげた。彼の香りが鼻をくすぐる。「否定するって、何を?」

「きみがこの日のために生まれてきたことだよ。愛を交わしたとたん、お互いに離れられなくなることだよ」

二人はまだ愛を交わしていなかった。この二週間はめまぐるしかったので、彼が今日まで待ったほうがいいと言ったのだ。

「あなたが怖いの」アニーは率直に認めた。「あなたは……経験豊富だけど、私は……あなたの期待に応えられるかどうかわからない」

「これはお互いの喜びだろう、ダーリン。それとも、きみのほかの関係では、そうじゃなかったのか?」

アニーははっと息をのんだ。「ほかの関係なんてないわ」

「え……」驚きにブラントの目が丸くなった。「まさか、あれ以後……誰とも……」

ブラントとのめくるめく初体験以来、アニーはデートする時間もなければ、誰かとベッドをともにしたいという気にもならなかった。彼女は、肉体関係を持った唯一の男性が夫になったことがうれしかった。同時に、世慣れた彼のことを考えると、恥ずかしくもなる。それが顔に表れていたのだろう、ブラントがいきなり言った。

「恥ずかしがらなくていいよ、アニー。僕は天にも昇る気持ちだから。もちろん……」口元に笑みが浮かぶ。「最初があまりにもひどかったから、二度といやだというのなら別だけど」

「あなたはどう思っているの？」

ブラントは伏し目がちになった。彼の視線がアニーの染みひとつない首筋を、キャミソールの下にそれとなくうかがえる谷間を優しくなぞる。

「見せてくれ」

静かに命じられて、アニーは手を伸ばし、髭でざらついてきた彼の顎を撫でた。両腕をおずおずと彼の体にまわし、彼の唇を引き寄せる。

ためらいがちにキスをすると、まわした手の下で彼の体が張りつめるのを感じた。

突然ブラントはうめき、彼女をきつく抱いた。

「長いあいだ、どんなにこうしたかったか」やっと顔を上げ、ため息をつく。「再会した瞬間から、きみを抱いて、あの最初のときのように喜びの声をあげさせることばかり考えてきた」

もちろん、二人のあいだにはいつも激しく求めあう欲望があったからだとアニーは思った。彼に恋人がいたときでさえ……。いいえ、今はそのことは考えたくない。アニーは彼の妻となり、彼を愛し、快楽を分かちあうのだ。彼女は愛で胸がいっぱいになり、スカートのウエストからコルセットの裾（すそ）を引きだした。体を揺すって床に落とすと、刺激的なデザインのブラジャーに彼の熱い視線を感じた。

彼を喜ばせたくて、先週高級ブティックで買ったもので、焦茶とクリーム色のレースがついたシルクのブラジャーはあらがいがたい魅力があった。

「ああ！」ブラントは称賛もあらわに目を輝かせている。「経験は少ないかもしれないが、きみには男をおかしくさせる資質がある。ほかにもびっくりさせられることがあるのか？」

彼に影響を及ぼしていることにアニーは自信をおぼえ、身をくねらせてスカートを足首のまわりに落とした。ブラジャーとおそろいのビキニショーツと、小麦色に輝く脚を引きたてる淡い色のローヒールのサンダルで彼の前に立つ。

「なんてきれいなんだ」ブラントが欲望もあらわな声でささやいた。アニーは落としたスカートから足を抜いてブラントの腕に飛びこみ、彼の体がすっかり高まっているのを知った。

ブラントの両手が彼女のしなやかな肩を優しく撫でると、温かい愛撫は二の腕から胸のふくらみの外側をかすめ、その先端をたくみに刺激した。

「ああ、完璧だ」彼は生花を扱うように片方の胸に手のひらを当て、親指でレース地を押しのけて、ピンク色の頂を身をかがめて味わった。

苦しいほどの快感にアニーは目を閉じた。感覚が鋭敏になり、彼と自分の息づかいやキッチンのサーモスタットの音、そしてどこかの部屋で時計が時を刻む音まで聞こえる。

「二階に上がったほうがいい。さもないと、この床の上できみを抱いてしまいそうだ。妻になった女性と初めて愛を交わすのに、それはしたくない」

ブラントは彼女を抱きあげ、アンティークの家具や、がっしりしたマホガニーのベッドがある二階の広い寝室まで運んでいった。服を脱いでベッドに横たわり、唇や指の愛撫だけでなく、言葉によって彼女の喜びを高め、快楽の神秘的な世界へと彼女を導いていく。

やがてアニーは拷問にも似た責め苦から解き放たれたいというようにむせび泣き、ブラントは彼女とともに絶頂の高みまで上りつめ、めくるめく快感の渦にのみこまれていった。

二人は充足した体をからませ、小川のせせらぎを聞きながら眠りについた。

おいしそうな匂いに誘われてアニーは目を覚ました。カーテンの向こうが明るく輝いている。外は晴天らしい。

けだるそうに伸びをすると、体の敏感な場所が目覚めたので驚いた。これまで知らなかった快感をブラントが教えてくれたのだ。部屋は昨夜の残り香でむせ返るようだった。すばやくシャワーを浴びて、シルクの短いネグリジェを頭からかぶり、陽光の降りそそぐ寝室に戻ると、紺色のバスローブをはおったブラントが入ってきた。髪の毛がかすかに湿っているところを見ると、彼もシャワーを浴びたばかりのようだ。運んできたトレイには卵にベーコン、オレンジジュース、トースト、マーマレードが並び、食欲をそそるいい匂いが立ちこめている。

「ベッドで食べるんだ」明るくはずんだ声でブラントが命じた。

彼はベッドの端に腰を下ろし、彼女もそうするのを待っている。アニーは顔をしかめた。

「あなたは食べないの？」

「一時間前にトーストとシリアルを食べたよ」彼女が旺盛な食欲を見せて食べはじめると、ブラントはうれしそうに見つめた。「ゆうべはひどく体力を消耗したから、きみは起こさないほうがいいだろうと思ってね」

アニーは頬を染めた。でも、あんなに親密な時を分かちあっておきながら恥ずかしがるなんておかしい。

「コニーがいるの?」ベーコンはうまく焼けていた。アニーが起きてこない理由をコニーが想像していると思うと、きまり悪くなる。

「まさか。彼女は冷蔵庫をいっぱいにしていってくれたんだ。メモにそう書いてあった。何か必要なものがあるかどうか、明日電話をくれるらしい」

「なんて親切なの」ベーコンを噛みしめながら、ベッドの頭板にもたれ、夫になったばかりの男性にほほ笑む。「あなたって料理も上手なのね」

彼女のひやかしにブラントは苦笑するように無言で頭を傾けた。

「本当に何もいらないの?」アニーはおなかがいっぱいになるまで食べた。

「そうは言ってないだろう」彼女の膝からトレイをとりあげたブラントは、ベッドのそばのチェストにそれを置いた。振り向いた彼の目は官能の炎に輝き、口元は意味ありげにほころんでいる。アニーの体はたちまち興奮した。

ブラントは彼女のネグリジェのひもをたぐり寄せた。薄い布地はわけもなく彼の手に落ちた。

アニーは息をひそめて目を閉じ、飽くことのない彼の欲望に身を投げだした。

ブラントは日が暮れるまで彼女をベッドのなかに閉じこめておいた。もちろん、睡眠が必要だったわけではない。ようやく起きようと時計を見たアニーは、驚いて苦笑をもらした。もう六時五分！　こんなに長い時間愛しあっていたなんて、なんだか恥ずかしくなる。ベッドカバーにまぎれたのか、ネグリジェが見つからないので彼のバスローブをまとって顔を赤らめていると、ブラントが言った。「新婚なんだから、当たり前だよ。恥ずかしがることはないさ。おいで。シャワーを浴びたら、夕食に行こう」

彼は村の反対側のはずれにある由緒あるホテルまで車を走らせた。通りから離れているせいか、田舎風のこぢんまりした店を訪れるのは、ごく限られた人間だけのようだ。海岸沿いの繁盛している立派な店より、ずっと好みに合っていた。二人はそこでハムやチーズ、白パンといった軽い食事をとり、透きとおった金色のワインを飲んだ。

店の気軽な雰囲気がアニーはうれしかった。シャワーを浴びたあと、ゆったりしたTシャツとデニムの短めのスカートという格好で来られるのはありがたい。だが、化粧室から戻ってきて、奥まった静かな席の固い椅子に腰を下ろしたとき、彼女は顔をしかめた。

「愛しあうのはもうこりごりかい？」彼女の体が悲鳴をあげているのを見抜いて、ブラントはほほ笑んだ。「ひとりにさせてあげようか」

顔に表すつもりはなかったのに、アニーの目には欲望がありありと浮かんでいた。

テーブルのまんなかで揺らめいているろうそくの光のなかで、ブラントは目を見開き、低い声で笑った。「まさか僕を超人だと買いかぶっているんじゃないだろうな」一昼夜の愛の行為では満足できないという欲求に声がかすれている。アニーの体はそれに敏感に反応した。こんなに彼を求めるのは、今すぐここで奪ってほしいと思うのは、自然なことなの？

「さあ、出よう」ブラントが荒い息づかいで言った。

車は暗い田舎道を疾走し、二人はあっというまにコテージに着いた。ブラントはアニーの後ろから家に入ると、ドアを閉めもしないうちに彼女の腰に手をまわして引き寄せた。

アニーはうめき声をもらし、されるがままに頭を彼の肩にもたせかけた。ブラントは荒々しく彼女の喉に唇を当てた。

「ああ、がまんできない！」乱暴に彼女を振り向かせて唇を奪う。

「だめ」二階に連れていかれそうになるとアニーはあらがい、先ほど店で思い浮かべた空想にかられて彼を薄暗いキッチンに誘導した。

「そうか」ブラントの声が官能をおびる。「〝主人とメイド〟を演じたいんだな？」

アニーは顔を赤らめた。私をみだらな女だと思っているの？　そう思われてもかまわない。

「私のハンサムで知的でたくましい夫が……」彼のシャツのボタンをはずし、引きしまった胸にキスの雨を降らせる。「今朝聞いたとおりキッチンでの仕事が上手かどうか、確かめたいだけよ」

「なるほど」ブラントは彼女のゲームに興奮し、ため息まじりに答えた。「たしかに僕は火をつけ、燃えあがらせるのがうまいんだ。完全燃焼させてみせる」

彼の言葉に二人は欲望をあおられた。

ブラントは大きなパイン材のテーブルの上で彼女を抱いた。古い梁や建材が、夜の闇とともに、今も昔も変わらぬ愛の情熱の物言わぬ証人となって二人を見守っていた。

9

ハネムーンに来て以来、こんなに幸せなことはないとアニーは何度となく思った。夫になった人はとても官能的で、おまけに陽気だ。

おとといはコニーがコテージに電話してきて、庭で摘んだばかりのいちごを持ってきてくれた。そのときコーヒーを飲んでいたのがキッチンのテーブルでなければ、ここは快適ですかとコニーにきかれても、うろたえることはなかっただろう。けれど、ブラントが熱い愛の行為の現場を悩ましい目で見やって彼女の視線をとらえたとき、アニーは目のやり場に困った。

〝僕は快適だよ。きみはどうだい、ダーリン？〟

夕方、人けのなくなった砂浜に散歩に出た二人は、フリスビーが落ちているのを見つけ、子供のように浜辺を走りまわって戯れた。そこに大きな雑種犬が加わり、あざやかな黄色い円盤を飛びあがっては口で受ける。やがて犬はフリスビーをくわえたまま波打ち際まで走っていき、海に捨ててしまった。Tシャツとショートパンツ姿のブラントがそれを海のなかにとりに行った。

　腿まで水につかりながら円盤をつかみ、浜辺で待つアニーのもとへ戻りかけたとき、彼は波に足をとられた。びしょ濡れのブラントを見て、アニーはおなかを抱えて笑った。

　きのうは少し奥地までドライブして、地元のアーティストの作品を売っている工芸店を見つけた。二人はあとからもう一度店を訪ね、ドーセットの海岸を大らかに描いた作品二点と、彼女が前回コテージに来たときに描いた〝四十雀とポピー〟の絵をあずけた。コテージに戻ると、おしゃべりをしたり読書をしたり、やがてふたたび愛を交わし……。

　アニーは今、ソファに横たわり、ブラントの膝に頭をのせていた。この四時間は愛を交わしていなかった。

　今朝、彼女は腕前を発揮して彼のためにチェリーケーキを焼いた。きのう、紅茶専門店で彼がチェリーケーキを注文して、ちょうど売り切れましたと告げられたとき、彼の好物だと知ったのだ。アニーはロンドンの自宅に電話して息子たちの様子をきいてから、ブラントがシャワーを浴びているあいだに村まで買い物に出かけた。彼に内緒でケーキの材料を仕入れるために。

　〝新婚旅行だから働かなくてもいいのに〟ブラントは粉をまぜている彼女に近づいて腰を抱き、うなじにキスをした。

　〝働いているんじゃないわ。私はケーキづくりが好きなのよ〟

二人は海老のサラダを味わい、まだ温かいケーキを食べた。海老は、彼女が朝の日差しを浴びながら買い物に行く途中出合った鮮魚売りの車から仕入れたものだった。

料理を堪能したあと、アニーは彼の膝に頭をのせて横たわり、日に焼けた彼の顔を眺めていた。ブラントは彼女が買ってきた新聞をほうりだし、クッションに頭をあずけてうとうとしている。

アニーは彼の長い首から黒髪の下のひいでた額までほれぼれと眺めた。力強い鼻と顎、彼女を喜ばせるすべを知りつくした唇は、眠っているせいか、いつもの厳しさが少しやわらいで見える。

ふいにブラントが目を開け、彼女の視線をとらえてとまどったようにほほ笑んだ。

彼は眠っていなかったのだ。アニーはうっとりするような金色の瞳から目が離せなくなった。

愛していると言って！　アニーは声に出さずに懇願した。私はあなたを愛してるわ！　彼の謎めいた瞳の奥を探りながら、心が悲痛な叫びをあげる。

ブラントが手を動かし、彼女の顎の線にけだるそうに指を走らせた。その優しいしぐさに気持ちが高まり、アニーは目を閉じた。

あなたは私を愛している。絶対にそうよ。言って！　お願いだから言って！

すぐそばの小さなテーブルの上で電話がふいに鳴りだし、アニーはびくっとした。ブラントが彼女にかぶさるようにして受話器をとった。

「ブラント・キャドマンです」あらたまった口調が魔法のような雰囲気を破った。「なんだって！」

アニーはすばやく身を起こした。「どうしたの？　何があったの？」ショーンとジャックの身に何かあったのだろうか。「ねえ？」たたみかけるように問いつめる。

彼女をなだめようとして、ブラントは片手を上げた。「息子たちは無事だよ」

アニーは電話が終わるのを待ちかねた。

「家に空き巣が入ったらしい」ブラントが真剣な顔で言った。

「まあ！」不謹慎にもアニーは安堵感に浸り、同時にブラントやフェリシティに同情をおぼえた。「何か盗まれたの？」

ブラントは肩をすくめ、二人のあいだに落ちていた新聞を拾いあげてソファの肘掛けに置いた。「絵が何点か。食器がひとそろいと銀器。なにもこの世の終わりというわけじゃないさ。でも、とにかく戻らなければ」

アニーはうなずいた。「もちろんよ」どのみち明日には帰宅する予定だったのだ。

「支度しよう」ブラントが立ちあがった。

そういうことよ。アニーは思った。新婚旅行は終わったのだ。

その夜アニーはエリーズの手を借りて子供たちを風呂に入れた。彼らが無事で何よりだった。泥棒が入ったとき、子供たちはエリーズと祖母とともに出かけていたのだった。被害はそれほど大きくなかったにせよ、荒らされた室内は彼の会社の人間によってすみやかに片づけられていた。

実際に迷惑をこうむったのは猫のバウンサーだけだった。泥棒がガラス戸を割り、警報装置を解除して押し入ったとき、猫は中庭(パティオ)のお気に入りの場所で寝ていたのだろう。バウンサーは憎しみもあらわに家じゅうを歩きまわっていた。

「ちょっとエリーズと遊んでいてちょうだい」育児室に戻ったアニーは、ジョーンとジャックに言った。二人はおそろいの青いパジャマを着て、育児室の窓辺のベンチに座り、エリーズが用意したミルクを飲んでいる。「あとでまた来るわね」彼女は二人にキスをした。

ブラントは階下の書斎で二人の警察官と話をしている。

〝きみはいいよ。新婚旅行中にとり組むようなことじゃない〟アニーも警察官に会うと言ったとき、ブラントはそう言った。

彼の気づかいを思い出してほほ笑みながら、アニーは足音をたてず静かに玄関ホールに出た。開いた書斎のドアから話し声が聞こえてくる。警察官ではない。フェリシティとブラントの声だ。

「悲しんでいる理由はそれだけじゃなさそうね、ブラント?」フェリシティが言っている。

「絵や食器はともかくとして、妻の指輪を見つけてくれですって？」

妻の指輪？

顔をしかめてアニーは四日前にブラントがはめてくれた小さな金の指輪に目をやり、右手でぼんやりまわした。彼女が持っている指輪は、ほかには十八歳の誕生日に両親から贈られた銀の指輪だけで、それは二階の引き出しのなかにある。

「母さん、あの指輪はナオミが遺（のこ）した唯一のものなんだ！」ブラントの苦悩に満ちた言葉はアニーの心を冷たく締めつけた。「事情があまりにも複雑だから、わかってもらえないだろうけど」

「複雑なのはわかるわ」フェリシティが押し殺したなめらかな口調で言う。「私には、あなたがなぜ再婚を急いだのかわからないのよ。こんなに性急なまねをするなんて、あなたらしくないわ」

アニーは盗み聞きをするようでいやだったが、何かに強いられてその場に立ちつくしていた。

「大丈夫だよ、母さん。じっくり考えた末のことなんだから」

「あんなにあわてて結婚したのに？　どうして？　息子を二人とも失いたくないから？　二人を思うように育てて教育を授けたいから？」

「たとえ母さんにでも、僕の動機や判断力を問われたくない」ブラントの声が落ち着いてきた。

「ただ、あなたが心配なだけよ。あの娘のこともね。あなたはひどく高圧的だから」

引き出しを閉める音、それから革張りの椅子がきしむ音がした。

「母さんの気づかいはありがたいが、彼女を信じてくれ。小娘じゃないんだから。僕にどう言ってほしいんだ？　彼女と結婚したのはほかにとるべき道がなかったからだと？　安易な選択だと？」

アニーの心が叫び声をあげた。安易な選択なんかじゃない！　私を愛しているからだと言って！

「今は話しあう状態ではないわね」フェリシティがようやく口を開いた。「あなたはとても強情で、それが誇りでもあったけど、まさかあなたを非難する日が来るとは思わなかったわ」

物音から察して、フェリシティが書斎を離れるようだったので、アニーは急いで廊下を渡り、誰もいないキッチンに入った。ふらつく足で反対の戸口から出て裏階段を上る。

〝安易な選択〟〝ほかにとるべき道がなかった〟彼はそう言った。アニーは彼が自分に特別な感情をいだいているから結婚したのだと思っていた。もちろん、彼は一度も愛していると言ったことがない。愛を交わしているもっとも激しい瞬間でさえ！

プロポーズしたとき、ブラントは便宜上の結婚だと言ったけれど、アニーはそれだけではないと思いたかった。でも彼は愛していると言ってくれたことがない。それは本当に愛していないからだ。ブラントはごまかしを言ったり、嘘(うそ)をついたりするような人ではない。身内だけの静かな結婚式。アニーはそれをとてもロマンチックだと思った。幸せに目がくらみ、真実を見抜けなかった。ブラントがこぢんまりした式にしたがったのは、二人のあいだの絆(きずな)などどうでもいいからだ。それじゃ、私は彼にとってどんな存在なの？　彼の息子たちの母親？　彼の情熱的なベッドの相手？

二階に着かないうちに涙が頬を流れおちた。エリーズが幼子に話しかけている声がする。ジャックのくすくす笑いと幼子らしい片言のおしゃべりも。だがアニーは今、誰とも顔を合わせられなかった。

ドアをばたんと閉め、ダブルベッドに身を投げだす。ウォレンのときと違って、今度は耐えられなかった。なぜなら、心からブラントを愛しているから。今朝コテージで彼にそう告白しそうになったことを思い出す。せめてもの救いはブラントが彼女の気持ちを知らないでいることだ。

バスルームで顔を洗ってからベッドの上掛けを整えていたとき、部屋の外で物音がした。振り向くと、戸口にブラントが立っていた。

「こんなところにいたのか」

「どうして？」彼の笑顔にとろけそうになったアニーはあわてて顔をそむけ、必要もないのに上掛けを引っ張った。「私が恋しかった?」

ブラントはそっとドアを閉め、アニーの背後に近づいて、体を抱き寄せた。「どうだと思う?」彼女の髪を持ちあげる。うなじにかかる彼の息が温かい。

彼の両手がぴったりしたタンクトップの上をすべり、二つの胸のふくらみを押さえた。ほとんど用をなさない薄いブラジャーの下で、胸の先端が意思とは裏腹に硬くなっていく。

「何をしているんだ?」ブラントはいぶかしげに尋ねたが、彼女が泣いていたことには気づいていないようだ。「以前のベッドに寝ようとでもいうのか?」

「それが本当なら、どうする?」アニーは苦々しい思いをこめて言ってみた。するとブラントは彼女の体を振り向かせた。

「冗談は抜きだ」緑がかった金色の瞳が探るように彼女の顔を見る。その目にも声にも欲望がひそんでいる。「きみのいるべき場所に引きずり戻すさ」

怒りをこめてアニーは言い返した。「私のいるべき場所ってどこ? あなたの体の下?」

「僕はてっきりきみが喜んでくれると思ったんだが……何があったんだ? 僕が何かしたのか?」

「疲れたのよ」アニーはうろたえ、髪を指でかきあげた。「大変な一日だったもの。あなたもそうでしょう」あなたがいまだに前の奥さんを愛しているのがわかったからよ、とは言えない。

「ああ」ブラントの口から深いため息がもれた。

アニーは彼の目尻に刻まれたしわに気づいた。数時間の運転と、空き巣事件によるものだろう。でもそれだけではない。彼がげっそりしているのは、ナオミの指輪がなくなったからだ。

「頭痛がするのよ」ばかげた言い訳だが、それ以外に思いつかなかった。「悪いけど……もしよかったら……今夜は眠るだけにさせて」

ブラントの眉間にしわが寄った。「そんなことできるかな」

「できるわ」アニーが戸口まで行くと、彼もすぐあとからついてきて、彼女のために礼儀正しくドアを開けた。踊り場のあたりは静まり返っている。子供たちはもう眠っているようだ。「少なくとも今夜は」

「だったら、僕はきみが眠るまで階下にいたほうがいいな。さもないと、きみの宣言があてにならないことを証明してしまいそうだ」

まだほかの女性を愛しているというのに、なぜそんなに苦しげな顔をするの？

彼への愛を打ち明けそうになるのが怖くて、アニーは逃げるように彼のそばを離れ、ションとジャックにおやすみを言いに行った。

翌日は事件の後始末に費やされた。正確に言うなら、すべてブラントまかせだったのだ

るのを耳にした。アニーは書斎の前を通るたびに、彼が保険会社や警察、錠前師などと電話で話してい

〝僕にまかせてくれ〟アニーが手伝いを申し出たとき、ブラントはそう答えた。前日彼が言ったように、本当ならまだ新婚旅行中だから、彼女に負担をかけたくなかったのかもしれない。だがアニーにはそれだけとは思えなかった。空き巣に入られたのは彼とナオミの家だ。アニーはのけ者にされている気がしてならなかった。

それに彼はごく小さな家財にいたるまで紛失物について教えてくれたのに、例の指輪についてはひと言も触れなかった。現在の妻に打ち明けるには、あまりにも私的でつらい問題なのだ。それ以外に彼が黙っている理由は考えられない。

その日の午後、息抜きに二人で小さなホテルにお茶を飲みに行った帰りの車中、アニーはついに耐えきれなくなった。

「ナオミのものが盗まれたことは教えてくれなかったわね」アニーは無頓着(むとんじゃく)を装って言った。「彼女の大事な……指輪だとか」

横目で見ると、彼が探るような目で見返した。

「誰から聞いたんだ?」

「あなたじゃないわ」前を走る真っ赤なバスの汚れた後部を見つめてアニーは言い返した。

「ああ……」深いため息は、渋滞のせいではなかった。「それは……ふさわしいことじゃ

ないと思ったからだ」

そうでしょうとも。アニーの指に指輪をはめて数日後、最初の妻に贈った指輪が紛失したのは、運命のいたずらに違いない。

「誰から聞いた？」ブラントの声がいちだんと険しくなる。

「ゆうべ、あなたがお母さんと話しているのを聞いたのよ」アニーは鋭い視線が向けられるのを感じた。

「いつ？」

「さ、さあ。あなたたちが書斎にいたとき」前のバスがのろのろと進みだす。

「きみはどこにいた？」

「ドアの外よ」

「それなのに」車を発進させたとき、誰かがバスに飛びのろうと飛びだしてきた。ブラントは罵（ののし）りの言葉を吐いた。「なぜ入ってこなかった？」

アニーは眉を上げた。「それは……ふさわしいことじゃないと思ったからよ」先ほどの彼の言葉をもごもごとつぶやく。

「立ち聞きするのはふさわしいことなのか？」

「立ち聞きなんかしてないわ」

「だったら、そこにいることをどうして知らせなかった？　きみは僕の妻だろう！」

「本当に？」思わず口走っていた。「私はてっきり……安易な選択肢なのかと思っていたわ」

「あれは、ついかっとなって言っただけだ」

「言ったことに変わりはないわ」アニーは傷つき、声をうわずらせた。

「いったい何を考えているんだ？」

アニーは答えず、前方を見つめていた。するとブラントが尋ねた。

「だからゆうべ、よそよそしかったのか？　いい加減にしてくれ！　僕が何か言ったわけじゃないだろう。それともナオミの指輪がなくなったことを教えなかったのが、そんなに問題なのか？」

「あなたにほかの女性がいたことを思い知らされたのよ。私はしばらく忘れていた。愚かよね。でも説明はいらないわ、わかるもの」

「いや」急に渋滞が解消したので、ブラントはアクセルを踏みこんだ。「きみはわかっていない。母との会話は、僕ときみの仲には無関係だ。なのに、どんな想像をした？　まさか嫉妬したわけじゃないだろうな」

「まさかですって！　自分の家なのに、私はいつも侵入者の気分を味わっているのよ」

「そういうことか」ブラントは静かに言い、ひと言ひと言考えながらゆっくり続けた。

「僕はかつて結婚していた。きみはそれを承知の上で僕のプロポーズを受けてくれた。それは僕の過去だ。消すことはできない。でもその過去を謝ろうとは思わない。過ぎてしまったことだ。今はきみと僕の生活だ。だけど疑念や嫉妬があれば、結婚はうまくいかない。僕らのあいだにあるものは大事だろう？　まったく！　こんなにどうにかなりそうなほど求めてやまない女性に出会ったのは初めてなんだ。すごいことだと思わないか？」

いいえ、それは肉体的な欲望にすぎない。こんなにも猛(たけ)り狂った抑えきれない情熱はいずれ消えてしまう。アニーが欲しいのは、ゆうべ彼が書斎でナオミについて話していたときに彼の口ぶりから感じたような愛情だ。

「今の私たちのあいだにあるものだけでは充分じゃないわ。前は大丈夫だと思ったけど、今は違う」

「コテージでは、そんなこと気にしていないようだったのに」

アニーは思い出して頬を赤らめたが、そのときわき道から車が飛びだしてきた。ブラントは急ブレーキをかけた。

「何も反論できないだろう？」彼女が黙っていると、ブラントはあざけるように言った。

「いいか、すなおに聞くんだ。僕らの結婚にはいろいろ欠けているものがあるかもしれないが、大事なものまで否定するな。自分はごまかせても、僕はごまかせない。きみは僕とひとつになりたいんだ」

「やめて」

「たまらなくそうしたいくせに」

「違うわ！」

「じゃあ、なぜ僕と結婚した？　この結婚が、永遠の愛といった単純なものに基づいているわけではないからだろう」

「その理由は知っているはずよ」口にするのはつらかったが、アニーは続けた。「あなたはこれが子供たちの幸福のための、ただひとつの自然な解決法だと言ったわ。そうすればあなたは息子たちの便宜的な母親を得られるし……私は安心を……」

「安心？」彼はそれ以上言わせまいとした。「忠誠や信頼はどうなった？　きみは男を信用できないんだろう、アニー。マドックスがきみをそんなふうにしたに違いない！　僕はそのつけを払うつもりはない。僕らは契約を結び、きみは僕の妻になることに同意したんだ。その役割を良くも悪くもまっとうするしかない。願わくは、良いほうにだけ、まっとうしてほしい。だが、ほかの女性の名前が出るたびにかんしゃくを起こすなら、きみには学ぶべきことがまだまだあるな」

「ほかの女性ですって！」アニーは怒りもあらわにブラントをにらみつけた。「つまり、私を教育するのはあなたなのね？」

「これは〝主人とメイド〟のロールプレイとは違うんだ」

ブラントはじっと彼女を見つめていたが、かぶりを振りながら道路に目を戻すと、あきらめたような声でつぶやいた。

「僕にできるかどうか」

10

続く二、三週間、二人のあいだには緊張感をたたえた静けさが漂っていた。ブラントは昼間は仕事で忙しく飛びまわっているし、アニーはショーンとジャックの育児をし、エリーズやフェリシティが子供たちを見ているあいだは絵の制作に打ちこんでいたので、自分たちの結婚生活についてじっくり考えることはなかった。

しかし、夜になって家じゅうが寝静まるころ、二人は互いの抑制を解き、二人が知っている唯一の方法で意思の疎通をはかった。

短いハネムーンのときと違い、明るい戯れや、刺激を与えあうような笑いはなかった。だが張りつめた関係は愛の行為にいっそうの性急さを加え、互いを絶望的なほど求める衝動は、ともに絶頂を迎えてすさまじい解放を味わう喜びを高めるばかりだった。

ところが、アニーが目を覚ますと、ベッドの傍らにブラントの姿がないことがほとんどだった。彼女が起きだす前に彼は家を出ているので、アニーは置き去りにされた気分で前夜の愛の行為を恥じ、体にあふれる快感の名残に、あれはエロチックな夢なんかじゃないと思い知らされた。

なぜ彼に体をさしだし、彼とともに激しい絶頂を求めて快楽にすすり泣くのだろう。アニーは惨めな思いで自問した。いいえ、自問するまでもなく、答えはわかっている。ブラントを愛しているから。彼を愛しつづけるかぎり、彼がそばにいてくれるなら、どんな犠牲でも払う覚悟だ。

ある朝、母から電話があり、待ち望んでいた知らせを受けとった。父親が旅行できるほど元気になったという。

「今度の週末に来られるよう、飛行機を予約するんですって」アニーはブラントに報告した。「父が狭い機内にいられるだけの気力があればだけど」

「僕にまかせてくれ」ブラントは一週間後にロンドンに到着する便のファーストクラスを押さえ、費用を負担した。

「空の旅がこんなに楽だなんて！」空港で出迎えたとき、アニーの母は感嘆の声をもらした。「ヨットクラブのみんなに話さなくちゃ。ブラント、どんなにあなたに感謝しているか！」

ジェーン・タルボットは染めた髪を粋(いき)にカットし、流行をとり入れた緑色のスーツでいつもながら洗練された装いだった。アニーはブラントに両親を紹介したとき、母が義理の息子にすでに魅了されているのを見てとった。

「ジェーンの言うとおり」サイモン・タルボットがブラントと握手をした。「まったく快適な空の旅だった。なんとお礼を言えばいいかわからない」

「こちらこそ、お会いできてうれしいです、サイモン、ジェーン」ブラントは愛想よくほほ笑み、手を伸ばそうとするサイモンを制して、彼らのふくらんだスーツケースを台車から下ろした。「アニーがいろいろ計画を立てていますから、こんなことにエネルギーを費やさないでください」

ブラントが航空バッグを肩にかけ、二つのスーツケースを転がして歩きだした。本当にいい人を選んだわね、彼が気に入ったわ、という目で娘を見たジェーンは、ブラントに追いつこうと足どりを速めた。アニーはむっとし、あとから歩いてきた父を待って笑いかけた。

「会えて本当にうれしいわ」彼女はうれしそうに父親と腕をからませた。

父は杖をついていたが、それほどひどい歩き方ではなかった。最後に会ったときより、白髪がいくぶん増えたようだ。

「私もうれしいよ」サイモンの慈しむような口調は父と娘の絆の強さを物語っている。

「あと二、三週間もすれば、すっかり元気になるさ。私の世話で母さんに迷惑をかけてしまった」

父らしい、とアニーは思った。優しいけれども興奮しやすい母をいつも気づかっている。

「それで、あの子は、いえ、子供たちはどう?」屋敷に向かう車のなかでジェーンが尋ねた。孫たちに会うのを目前にして神経を高ぶらせている。「ジャックに会うのが待ちきれないわ!」

アニーは後部座席で母親と並んで座っていた。ブラントが父に、助手席に座るよう勧めたのだ。母のはしゃいだ声のせいで、男性二人が静かに話している内容まではわからない。ジェーンが身を乗りだし、彼らの会話をさえぎるように話しかけた。「あなたが私たちの孫を引き受けてくださったから、私たちは娘のことをこれ以上心配しなくてもいいのね。ああ、どんなにほっとしたことか」アニーが身をすくませている横で、母はさらになれなれしくつけ加えた。「娘はお行儀よくしているかしら、ブラント?」

アニーはブラントのすぐ後ろに座っていたので、バックミラーに映る彼の目が見えた。その目は謎めいていて、なんの表情も読みとれない。

ゆったりとした口調にも感情はなかった。「不満はひとつもありませんよ」

そうよ。アニーはむっとして顔をそむけ、車の窓から見える九月の穏やかな景色や、すでに紅葉している公園の木々を眺めた。私はあなたの要求を完璧にこなしているわ。昼も夜も。

幸い、彼女が母親のはしゃぎぶりを不快がっているのを父親が察して、ブラントと話していることを女性たちに伝えた。ヨーロッパの経済がイギリス連邦、とくにニュージーランドに与える影響について、四人の話は盛りあがった。

両親とショーンの再会は、血を分けた実の孫息子を改めて紹介するまでもなく実に感動的だった。キスあり涙ありで、ことにジェーン・タルボットは、髪の黒っぽい小さいほうの男の子を娘の子供としてたちまち受け入れた。

「さぞやつらかったでしょうね、ブラント」子供たちを育児室に連れていって寝かせるよう、フェリシティがエリーズに申しつけたとき、ジェーンが言った。彼女の熱狂ぶりに、子供たちも疲れ、むずかっていた。「あなたも私たちと同じように感じたのなら……ジャックが本当は……」

「お母さん」

「つまり――」

「お母さん」アニーは神経質にさえぎった。「ねえ、お父さん、話したいことがあるの」

上品な応接室のソファに座っていた彼女は、軽く肩に手が触れたのを感じて振り向いた。

「子供たちを寝かせてくるわね」フェリシティがそっと耳打ちした。アニーの肩を優しくつかむ手は控えめながら、彼女を力づけた。フェリシティ・キャドマンはアニーを支えてくれる味方なのだ。彼女の両親も、この気品あふれる女性と会ったとたん、魅了されてしまった。アニーは義母の思いやりに胸を熱くし、ほほ笑んだ。

ドアが閉まり、ブラントの母親の姿が消えると、二組のまなざしがアニーにそそがれた。ブラントがマントルピースに肘をつき、その大理石と同じくらい冷たく硬い表情を見せているのを、アニーは探るように見つめた。

「お二人にお話ししたいことがあります」ブラントが静かにきりだした。

いいえ、それは私のすることよ。アニーは、何年も前にするべきだった告白をしようと決意を新たにした。「ジャックのことなんだけど、実はあの子はブラントの息子なの」

サイモンはほとんど表情を変えず、眉間にかすかにしわを寄せただけだった。けれどジェーンのほうはしょんぼりと涙ぐみ、急に大声を出した。「つまり……あの子は私たちの孫じゃないというの？　でもあなたは言ったはずよ……」言葉を切り、真意をつかもうとしている。

ブラントは暖炉から離れた。彼はただひとり、まったく動じていないように見える。

「ジェーン、アニーが言おうとしているのは、彼女が妊娠したその相手は僕だということです。ジャックは僕たちの子供なんです」

ジェーンは涙ぐんだ目をアニーからすばらしい容姿の娘婿に移し、ふたたび娘に戻した。

「つまり……」驚きや困惑にも負けないくらい、彼女は幸せそうな顔になった。「あなたたちは……」

「そうです」ブラントは平然としている。

「でもどうして……いつ？」ジェーンは娘の人生における重大事から自分が締めだされていたことが信じられないのだ。

「おそらく二年と十一カ月ほど前よ」

「アニー」ブラントは母娘のあいだの緊張に気づき、母親を刺激しないよう警告した。

「なぜ教えてくれなかったの？」ジェーンは明らかに傷ついている。

アニーは息をつめた。ばつが悪かったからよと言いたかった。「ごめんなさい」彼女は深い後悔にかられた。両親に隠しごとをするのはいやだった。彼らを欺くつもりなどなかったのだ。

「どうしてなの？」母親は愕然とした表情で首を振っている。

「責めるのはやめなさい、ジェーン」妻の向かいに座ったサイモンが警告した。「きっと事情があったんだろう」

「気休めかもしれませんが……」ブラントは二人に声をかけた。「アニーは僕にも教えてくれなかったんです。それに、たしかに事情があったんです」彼はジェーンの顔を見ながら続けた。「彼女が妊娠を知ったとき、僕は結婚していましたから」

「なるほど」何もかもわかっていたというようにサイモンが言う。

ジェーンのほうは、いつもながらまた先走ってしまった。「じゃあ、あなたの奥さんは……アニーの話では……」

「妻は亡くなりました」

しばし張りつめた沈黙が流れた。サイモンが椅子から立ちあがり、杖をついてブラントのもとまで行くと、片手をさしだした。「さて、息子と呼ばせてもらおうか。こんなに喜ばしいことはない」サイモンの言葉はその場の気まずい空気を救ってくれた。

アニーの両親は三週間滞在し、二人の腹違いの兄弟を祖父母ならではの愛情でかわいがり、思う存分甘やかした。昼間はアニーや子供たちと近くを散歩し、フェリシティと親密な関係を築いた。フェリシティは、彼女の関係している詩の朗読会にジェーンを連れだした。ブラントも加わり、一家そろって出かけることもあった。

ブラントはサイモンが現代建築に興味があることを知り、彼の意見を仰ごうと、キャドマン社の建築中の建物を一緒に見に行った。二人のあいだにお互いへの敬意が深まっているのを知って、アニーはうれしかった。

滞在期間が終わりに近づいたころには、父親の足はかなりよくなっていた。ロンドンに着いたときより顔色もいい。

「夫婦の関係にあまり期待をかけないようにするんだな」すでに秋の気配を色濃く見せている庭を散策しているとき、サイモンが娘に言った。芝生に落ちた紅葉した木の葉や涼しいそよ風が、九月が終わることを告げている。両親は翌日出発する予定で、ジェーンは旅支度を終えてフェリシティと美容院に出かけていた。「期待しすぎると、与えることを忘れる場合があるし、失望させられることになる。何かをもらったら同じだけ与える。それを忘れてはだめだよ、アニー」

いいえ、お父さんとお母さんとは違うのよ！　だがアニーは黙って父親の腕に腕をからませた。ブラントが父に何か言ったのだろうか。それとも、物静かだけれども洞察力のある父が、この結婚がどこかしっくりしていないことに感づいたのだろうか。

翌朝、ブラントとアニーは空港まで二人を送っていった。帰りの車中、ブラントはほとんど無言だった。家に着くと、子供たちはフェリシティとエリーズに連れられて動物園に出かけていた。静まり返った家は、両親が去ったあとの喪失感をいっそう深めている。

玄関ホールのテーブルにのった、先日父が買ってくれた紫の菊の小さな鉢植えを見て、突然寂しさがこみあげ、それを隠すためにアニーはまっすぐ二階へ上がった。

ブラントが上がってくるころには、気持ちも落ち着いていた。アニーは、彼が大きなダブルベッドをまわり、引き出しを開け閉めしてバスルームに向かう気配を感じた。

ブラントは両親の滞在中、一度も彼女を抱かなかった。敬意を払っている男性の娘を欲望のはけ口として扱っていることが後ろめたく、同じ屋根の下にいるあいだは慎んだのだろう。

アニーは両親のスーツケースからはがれ落ちた古い手荷物ラベルを拾いあげた。そのとき、ブラントが寝室に戻ってきた。カジュアルな装いからダークスーツに着替えている。そういえば、午後から会議があると聞いていた。

「静かだな」鏡をのぞいてネクタイを直しながらブラントが言う。

「ええ」アニーは鏡に映るブラントを見つめ、彼の手がどんなに形がよく、どんなにたくましいか気づいた。胸が熱くなり、思わずつぶやく。「両親を優しくもてなしてくれてありがとう」

美しい金色の目が驚きで見開かれた。「当然じゃないか」彼はくるりと振り返った。「あんなにいい人たちなのに」

アニーは何も言わず、喉につかえたものをのみこんだ。くしゃくしゃの手荷物ラベルを見てくずかごに入れるとき、彼の視線を感じた。

「おいで」ブラントが静かに言う。

アニーは彼に近づいていったが、気持ちとは裏腹に足どりはひどく重かった。なぜこんなことをしているの？　彼に抱きしめてほしいから？　キスしてほしいから？　ベッドをともにしたいから？

彼の両腕が体にまわされると、アニーは欲望にのみこまれ、プライドをかなぐり捨てて、貪欲（どんよく）に彼を求めた。禁欲によって、彼女はかえってブラントのとりこになった。

ブラントは、彼女が着ている深紅の麻のパンツスーツと淡い色のキャミソールをあっというまに脱がせた。

クリーム色のブラジャーとビキニショーツをつけただけの姿でアニーは抱きあげられ、ベッドに運ばれた。彼が欲しくてたまらず、心のなかですすり泣く。こんなに何かを切望したのは初めてだ。

アニーはブラジャーをはぎとられたが、ブラントは服を着たまま脱ごうともしない。彼は唇と手だけで彼女の喜びを引きだそうとしているのだ。

ブラントがショーツを脱がせたとき、アニーは手を伸ばして彼のスーツの生地をつかんだ。

だがそのまま引き寄せようとすると、ブラントがささやいた。「だめだ」

代わりに彼女のもっとも感じやすい部分にキスをする。アニーは耐えがたいほどの快感に小さくあえいだ。

彼の髪が敏感な肌を官能的に愛撫(あいぶ)する。世界が大きく後退してぐるぐるまわり、アニーは激しく体を脈打たせながら歓喜の渦のなかに落下していった。

ブラントは服を着たままで、髪が少し乱れている以外、身なりは整っている。彼は白い上掛けをすばやく彼女の体にかけた。

「午後の会議のあと、出張に出る」

アニーはひんやりした上掛けをほてった体に引き寄せ、ベッドに起きあがった。「どこへ?」

「ジュネーブで商談がある」

私はついていってはいけないの? 子供たちと一緒に。アニーは叫び声をあげたかった。でも彼にその気があるなら、同行したいかきくだろう。「そう。どのくらい留守にするの?」

ブラントは肩をすくめた。「三週間かな。きみは便宜上の夫なしに母親の喜びを満喫できる。それが望みだろう?」

たった今、めくるめく快感に酔いしれたばかりだというのに、どうしてそんなことが言えるの? アニーは切なくなったが、同じように肩をすくめてみせた。「そうね」

車寄せに車が入ってくる音がし、二人は窓のほうを振り向いた。フェリシティがエリーズや子供たちと帰ってきたようだ。ブラントはさっと背を向け、バスルームに引き返した。だが、すぐに戻ってきて、アニーの額にすばやくキスをした。「いい子でいてくれ」コロンの香りを残してブラントは去っていった。

アニーは重い体を引きずるようにしてシャワーの下に立ち、この虚脱感を、突然のひどいけだるさを洗い流したくて熱いシャワーを浴びた。そういえば最近、いつも体がだるくてしかたない。

きっと重圧のせいだろうと思った。自分を愛していない男性を愛した精神的重圧。ブラントのような男性に愛されるとうぬぼれた自分が浅はかだったのだ。シャワーを止め、バスタオルに手を伸ばす。それは彼に指輪をはめてもらう前からわかっていたことなのに……。

タオルで体を拭きながら左手に目をやったとたん、アニーは顔をしかめた。

指輪がない！　ブラントにもらってからほとんどはずしたことがないのに。どこかではずして、うっかり置きっぱなしにしたの？

バスタオルを体に巻きつけ、アニーは寝室に駆けこんだ。化粧台の上にはのっていない。床にも、ベッドの上にもない。

考えて！　よく考えるのよ！　最後に見たのはいつ？　今朝両親を空港まで見送りに行ったときには、たしかに指輪をしていた。帰り道、高速道路のサービスエリアに寄ったとき、アニーは化粧室に入った。あのとき指輪をはずしたかしら？　手を洗ったときに流してしまった？

そんな不注意なことをするとは思えない。指輪は大切にしているし、はずすときは細心の注意を払っていた。ただ、化粧室のハンドドライヤーが電源が入らなかったので、スラックスで手を拭いて車に戻ったのは覚えている。あのとき指輪が抜け落ちたのだろうか？　あるいは指輪が駐車場に落ちて、その上を車が通った？　それとも誰かが拾って持ち帰ったの？

アニーはベッドにくずおれた。結婚指輪をなくしたことは、この結婚の危うさを象徴しているように思えてならなかった。

体調がすぐれないまま二日が過ぎた。ひどくだるくて、少し吐き気もある。きっと毎晩ほとんど眠れず、悪くなる一方の結婚生活について思い悩んでいるせいだ。

ブラントが彼女を肉体的に必要としているのは間違いない。アニーに対する激しい欲望は、彼を求めるアニーの欲望と同じくらい激しい。男性はほかの女性を愛していても違う女性と愛を交わすことができる一方、女性は愛するただひとりの男性のためにプライドを捨てることができるのだ。

ブラントは今ごろどこにいるのかしら。ゆうべ電話でこれからスキーリゾートに向かうと言っていたから、きっとそこだろう。彼がよそよそしい態度をとるなら、私も感情のない彼の質問に事務的に答えるまでだ。それにしても、あんなにぶっきらぼうな調子で電話を切らなくてもいいのに。

だけどそれなら、どうして彼は出かける際に優しく私を抱いたの？　留守のあいだ、彼を待ちこがれるようにしたのだろうか。彼が戻ったときも、まだ従順な妻であり母でいるように。つまり……私を手なずけるために。

たとえそうであっても、そして自分が彼にとってどんなに都合がいいか考えるたびに怒りや屈辱がこみあげても、アニーは強い欲望にがんじがらめになった。彼が今ここにいれば、手を近づけるだけで彼の言いなりになってしまうとわかっていた。

その後、アニーは最近描いた作品の額縁をつくったり、それまで住んでいたアパートメントの売却の件でブラントの弁護士と連絡をとったり、フェリシティのお供で街に出かけたりして過ごした。

「ブラントから連絡はあるの?」ナイツブリッジの有名なレストランでランチをとっているとき、フェリシティが尋ねた。

「ええ」アニーはサラダに入ったほのかなピンク色のポーチドサーモンをフォークでつついていた。ほかにどう答えられるだろう。一度電話があったけれど、お互いによそよそしく、以来かかってこない、とは言えるわけがない。「子供たちのことを気づかっていました」何も言わないのもおかしいので、そうつけ加える。

「あなた、顔色が悪いわよ」フェリシティの温かい目が案ずるように見つめている。

「そうですか?」アニーは笑ってみせた。ジムでカトリーナにも同じことを言われたのだが、このところ睡眠も食事もあまりとれていない。「夜更かしのせいかもしれません」彼女はまた無理に笑い、ロールパンに手を伸ばした。

その指を見て、フェリシティがいぶかしげな表情をした。

アニーは先手を打ち、指輪がないことに今気づいたというふりをした。「あら、指輪がないわ。きっとバスルームに置いてきたのね」不注意でなくしたとは言えなかった。そのことで彼女は自分を厳しく責めていた。実際指輪をなくしたと知った日に、例のサービスエリアまで車を走らせ、見つかるあてもないのに駐車場を捜しまわり、受付係に遺失物の問い合わせもした。

「ブラントとはうまくいってるの?」フェリシティがなおも気づかいを見せる。

アニーは大きく息を吸い、うなずいた。「もちろんです」ほかにどう言えるだろう。

「喧嘩(けんか)はしないの?」

喧嘩するほど仲が良かったらどんなにいいか。でも夫は私を愛していない! いまだにナオミを愛している彼の心に私の入るすきまはない。

アニーは首を振った。「ええ、喧嘩にならなくて。私、やっぱりちょっと顔色が悪いでしょうか」ごまかすように微笑を浮かべてみせる。義母が座り直して口を開いたときは、ほっとした。

「あなたに話しておきたいことがあるの……」育ちのよさをうかがわせるしとやかな口調だった。「私は、あなたたちが結婚を急ぎすぎたんじゃないかと思っていたの。ブラントのことが、それにあなたのことも心配だった。でも今は……」山羊(やぎ)のチーズのグリルを食べおえ、フェリシティはナプキンで口元をぬぐった。「あなたは本当に息子によくしてくれているとは思ってるわ、アニー」

ウエイターがコーヒーを運んできた。カップにコーヒーがつがれ、濃厚な香りが漂う。たちまち吐き気をもよおし、アニーはフェリシティに失礼を詫(わ)びて化粧室に駆けこんだ。


やわらかな十月の日差しのなか、椅子に座ってスケッチをしていたとき、突然ショーンの叫び声が聞こえ、アニーは顔を上げた。高い生け垣の陰から幼子のおしゃべりとエリーズの強いフランス語訛(なまり)が聞こえることには気づいていた。

アニーはスケッチを投げだし、ショーンのかんしゃくの原因を探りに行った。

ブロンズ像に近づいたとき、フランス娘が真っ赤な顔をしたご機嫌斜めのショーンの手をとって、生け垣のすきまから現れた。

「ショーンがこれを見つけました」アニーの気づかわしげな顔を見てエリーズが説明した。「茂みの陰にあったんです」彼女はスーパーマーケットの白い手さげ袋を持っている。「きつく……ええと……結んであったから……」英語でなんと言っていいかわからず、娘は肩をすくめた。

袋をほどいたということだろう。アニーは困惑してそれを受けとり、もうエリーズの冷ややかな態度に我慢することもないのだと思って内心ほっとした。娘は今日で辞めることになっている。

袋は汚れていた。なかをのぞくと、金属的な音がした。

「だめ。ママンが持つの」エリーズがショーンに話しかけている。相変わらず泣きながら袋をつかもうとするショーンの後ろから、ジャックがやかましい声をあげてよちよち歩いてくる。「さあ、なかに入るわよ」

若い子守り（ナニー）が二人の子供の手を引っ張って離れていくと、アニーはショーンが見つけたものを見て仰天した。袋のなかには男物の時計が入っていた。ブラントの古い時計のようだ。それから金のカフスボタンと高価そうなネクタイピンも。アニーは傍らのベンチに腰かけた。きっと先日の空き巣事件の際に盗まれたものだろう。おそらく犯人はその袋を落としてしまったか、絵画などの大物を車に乗せるまで茂みに隠しておいて、とりに戻るつもりだったのかもしれない。

袋の隅に何かが引っかかっていた。引きだす前からアニーにはそれが何かわかった。なくなったことをブラントが嘆いていた指輪だ。

アニーの手のひらの上で金の指輪は午後の日差しを浴びて重々しく輝いた。アニーはその指輪と、自分の薬指の指輪のあとを見比べた。ナオミの指輪は幅が広く豪華で、アニーの選んだ小さな指輪はいかにもつまらないものに思える。

指輪の内側に文字が刻まれているのに気づき、アニーは顔に近づけて読んだ。

〝永遠に〟刻まれていたのはひと言だが、その意味は明白だった。

自分の指輪をなくしたあげく、ナオミの指輪を見つけるなんて残酷だ。しかも夫は一カ月近くも家を留守にし、電話でも子供のことしか尋ねない。ブラントと再会してから、あらゆることがアニーにひとつの事実を突きつけようとしている。彼女には彼を愛する権利などない。ブラントはずっとほかの女性のものなのだ。相手が生きていれば対処法もあるだろうが、幻とどうやって張りあえばいいのか。彼の先妻はこの家に、この庭に、いたるところに影を落としている。もちろんブラントにも……。

アニーはひんやりとした無慈悲なブロンズ像の下に立ち、絶望感に打ちのめされて、静かにすすり泣いた。

11

ブラントの携帯電話にかけても留守番電話になっているので、アニーはメールを送った。〝盗まれた宝石類が今朝、見つかりました。庭の茂みでショーンが発見したんです〟抑えきれずにアニーは続けた。〝あなたの奥さんの指輪もあります〟

その夜、返事はなかったが、翌朝、ベッドのわきに置かれたサイドボードの上で携帯電話が鳴った。思ったとおり、ブラントからのメールだった。

〝でかした、ショーン〟とある。〝きっと刑事になれるな。それから、アニー、忘れているといけないので念のために。僕の妻はきみだよ〟

いいえ、名ばかりの妻よ！　アニーはいまいましげに電話をベッドにほうり投げた。今どこにいるのか、いつ帰るのかも教えてくれないくせに！

幸い、今朝は体調がよかったので、子供たちが起きださないうちにシャワーを浴びた。

階下に下りると、玄関ホールのテーブルにアニー宛(あて)の郵便があった。彼女は封筒を持って人けのない応接室に入り、椅子に腰を下ろした。バウンサーが膝に飛びのり、喉をごろごろ言わせる。

手紙はドーセットの店から届いたものだった。アニーが描いた四枚の絵が売れたらしく、その代金の小切手が同封され、追加の注文も書かれている。

恋しい思いが波のように押し寄せてきた。短いハネムーンを過ごしたあのコテージでは、何もかもうまくいくと確信していた。あの盗難事件さえなければよかったのに。アニーは悔しがり、バウンサーの毛をうわの空で撫でた。けれど、アニーが後釜に座ることになったその女性にブラントが今も寄せる思いの深さを考えると、事件がなくても事実はなんらかの形で浮き彫りになっただろうと思える。ああ、彼をこんなに愛さなければよかった！

今さらそんなことを後悔しても始まらない。アニーは子供を育てあげ、家庭を築いていかなくてはならないのだ。まずはあの店に作品を届けに行くことから始めよう。善は急げだ。アニーはきっぱり決心すると、いやがる猫を膝の上から下ろした。

店の経営者は、アニーがさしだした四枚の標準サイズの水彩画をひどく気に入った。それは、この夏写真に撮ってきた赤い岬と泥炭層の荘厳な崖を大胆に模写したもので、以前と同じように軽く彩色をほどこしてあった。

「あなたのように、ここの風景をみごとにつかんだ画家は、ほかにいませんよ」飾らない装いに身を包んだ小柄な女性の悲しみなど気づきもしない店主は、作品を大いに称賛した。

「あなたの絵には魂がある」

　愛もあるのよ。アニーは涙をこらえて店をあとにした。ブラントを愛していなければ、これらの作品を生みだせなかった。彼女にとってあの圧倒されるほど壮大な海岸は彼の象徴なのだ。

　ロンドンに子供たちを置いてきたので、アニーはすぐに帰ろうとしたが、ふいに追憶にとらわれた。コテージはすぐ近くだ。ちょっと立ち寄っても大丈夫だろう。ほんの数分だけだから。

　色あせた石造りの建物は、十月下旬の陽光のなかでうっとりするようなたたずまいを見せていた。ドアを開けて小さな玄関ホールに入ると、温かく出迎えられるようで、アニーはここに来たのが間違いだったと瞬時に思った。

なんてばかだったの！　またほかの思い出をつくることになるのに。

　居間のソファの肘掛けに新聞が広げられたままのっていた。最後の朝、ブラントが読んでいたものだ。その光景が胸を突き刺した。大急ぎでここを離れたので、片づける暇もなかったのだ。新聞をとりあげ、キッチンに捨てに行く。彼の膝枕でソファに横になりながら話を交わした記事のことなど思い出したくもなかった。

　穏やかな静寂のなかで大型冷蔵庫のモーター音だけが低くうなっている。アニーは冷蔵庫のわきにある蓋のついたごみ箱の前まで行くと、ばかげた喪失感に歯噛みしながら新聞を捨てた。

どうして記念の品としてとっておこうなんて一瞬でも思ったのだろう？　いったいなんの記念なの？　私の妄想の記念？

アニーは電気ポットに水を入れ、スイッチを押した。来る途中、牛乳とティーバッグを買い、チーズやビスケットも持参してきた。

湯の沸く音を聞きながら、自分にはしなくてはいけないことがほかにあると言い聞かせる。でも、まだいい。マグカップにティーバッグを入れ、熱湯をそそいでからだ。

木製のパンケースの蓋が閉まっていないのを見て、アニーは閉めに行った。何げなく蓋を開けると、全粒粉の食パンが半分入っていた。幸い、古くてもかびははえていないようだ。それも新聞と同じく、ごみ箱に捨てに行く。コニーは掃除に来たとき、なぜパンを片づけなかったのだろう。二人がふたたび訪れるときにパンを補充するまで、ケースをのぞかないのだろうか。

マグカップを持ってごみ箱の前まで行き、ティーバッグをなかに捨てる。

ミルクをそそいで紅茶を飲みながら、アニーはいたるところにブラントの存在を感じた。目を閉じれば彼のアフターシェーブ・ローションの香りが漂ってくるような、ロビーを通ってそっと近づいてくる足音が聞こえるような気がして……。

「ブラント！」

彼女の傷ついた心が生みだしたかのように、ブラントが古いパイン材のテーブルをはさんだ向こうの戸口に立っていた。

「アニー?」彼もショックを受けているようだ。

でも、外にアニーの車が止まっているのは見たはずなのに。

どうして彼の車が入ってくる音が聞こえなかったのかしら。「いったいここで何をしているの?」ようやくアニーは尋ねた。

「同じことをきこうと思っていたところだ」

ブラントはカジュアルな黒っぽいシャツと黒っぽいコーデュロイのズボンという姿だった。がっちりした体型のわりにしなやかな身のこなしで部屋に入ってきて、テーブルに鍵や買い物袋を置いた。

「別に泊まっているわけじゃないのよ」彼はそうなのだろうと思い、アニーはあせって口走った。「あの店に絵を届けに来ただけなの。あのときの絵が売れたから」

「すごい。よくやった。おめでとう」何を言っていいかわからないのか、決まり文句の羅列だ。

「まだスイスにいるのかと思っていたわ」アニーは唇を噛んだ。

「きのう、戻ってきた」

「家には帰らなかったのね」

「ボーンマスの依頼人に用があったもので。ゆうべここに戻ってきて、そのまま眠りこけてしまったらしい」

それで今、買い出しに行ってきたのだろう。車はガレージのなかに置いて、歩いていったに違いない。だがブラントの目の下には隈があり、ちょっと痩せたような気もする。彼はなぜホテルを予約しなかったのかしら。

アニーはためらいがちに尋ねた。「どうしてここに来たの?」

ブラントは両手をポケットに入れた。「きみはなぜ来たんだ?」

「言ったでしょう。近くに来たからよ。お茶を一杯飲んでいきたかったの」いいえ、この場所をまた見たかったのよ。あなたと分かちあったものを思い出すために……。

「なつかしい場所をひと目見るためじゃないのか。思い出をなつかしむために」

「いいえ」アニーが背後の流しに手をつくと、紫の薄手のセーターとカーキ色のスラックスを身につけたやわらかな体の曲線に、ブラントの視線が引きつけられた。「一時間ほど休みたかったのよ。ここがちゃんとしているかどうか、見ておきたかっただけ」

「僕もそうだ」

「子供たちが会いたがってるわ」

「僕も会いたいよ」

私には会いたかったと言わないのね。

「顔色が悪いな」

あなたも。彼の親身な言葉に心を乱されたが、アニーは肩をすくめた。「ちょっと頑張りすぎたのかも。ところでメールを見たでしょう。ショーンが見つけたもののこと」

「ああ」

「うれしくないの？」

「大喜びだよ」

彼は相変わらず焼けるように熱いまなざしで見つめている。アニーはすばやく目をそらした。「お茶をいれましょうか？」

ブラントは断ろうとでもしたのか、ためらっていた。そしてだしぬけに言った。「ありがとう。おなかがすいているなら、ケースにパンが入っているし、ほかにも食べ物を買ってきたから……」

パン？　ケース？　「だって……」アニーはカウンターの上のパンケースを指さした。「あれは私たちがここに来たときの食べ残しじゃなかったの？」

ブラントは眉根を寄せ、楕円形のケースの前まで行くと、蓋を開けた。「ゆうべ、煉瓦みたいなパンを入れたと思うんだけど……」緑がかった金色の目がカウンターの上をさっと眺めた。

「捨ててしまったわ」

彼の視線を感じながら、アニーは食器棚からマグカップを出して、ティーバッグをとりだし、ポットのスイッチを入れて湯を沸かし直した。

「僕の妻は何も考えずに捨てるから、飢えを忍ばなくちゃいけないな」ブラントは軽口をたたいているのだとアニーは思った。ふいに彼が尋ねた。「結婚指輪はどうしたんだ?」

アニーはポットからそそいでいた熱湯をこぼしそうになった。

「それも捨てたのか?」

よくもそんなことが言えるわね。涙で目の奥が熱くなる。だが、彼に見られないようアニーは顔を伏せた。

「なくしたのよ……あのサービスエリアで。うちの両親を送っていった日だと思うわ」

「なぜ教えてくれなかったんだ?」

「あなたが出かけてから気づいたのよ……自分の不注意を知られる前に見つけたかったの」

「だったら、また指輪を買わなきゃいけないな?」あくまでも冷静な口調だ。

いやよ、あれがいいの! あの指輪が私にとってどんなに大きな意味を持っているか、あなたにはわからないでしょうね。でもあなたはナオミの指輪がなくなったと知ったときのようには嘆かないから、どうでもいいわ!

「さあ、お茶よ」アニーはマグカップを彼のほうに押しやると、椅子の上からバッグをつかみ、大急ぎで二階に上がった。

しばらくして階下に戻ると、ブラントは居間を行ったり来たりしていた。

「様子を見に行こうと思っていたところだ」アニーの顔に視線を走らせ、顔をしかめる。

「大丈夫か？」

アニーは疲れきっていたが、軽く肩をすくめてみせた。「もちろん、大丈夫よ」

「ずいぶん疲れているみたいだな」

それは激情を必死で抑えているからよ。

「顔が真っ青だ」彼女の青白い肌や、目の下のかすかな隈を見て、ブラントは眉をひそめた。

「ありがとう。褒め言葉はいつだってうれしいわ」

「軽口をたたくのはやめろ」

「あなたも心配するのはやめて。私は元気だから」ブラントのマグカップはテーブルの上にあった。紅茶は半分しか減っていない。「お茶を飲んでちょうだい。座って。ゆっくりくつろいで」口調はとげとげしく、声はかすれている。「休んでいるところを邪魔してごめんなさい。でもすぐに出ていくわ。とりあえず……」アニーはキッチンに戻ろうとした。

「私がいなかったと思って」

「そういうわけにはいかない」

思いがけない皮肉な物言いに、アニーの足が止まった。そんなに彼を怒らせてしまったの?

「それに……」ブラントはソファの上のクッションを持ちあげ、ふたたび戻した。「新聞がない」

「新聞って?」

「きのうの『テレグラフ』だよ。読んでいる途中だったんだ」

「あれは……」

彼はいぶかしげにアニーを見た。「どうした?」

アニーは重い足どりでキッチンに入っていった。ああ、どうして彼のものをそのままにしておけなかったの?

彼女がごみ箱から新聞を拾いあげたとき、ブラントはすぐ後ろに立っていた。新聞にはティーバッグが張りつき、茶色い染みが広がっている。

アニーはとり乱した。涙がとめどなくあふれる。

「アニー! どうした?」ブラントは彼女の手から新聞を奪いとった。「たかが紅茶の染みがついただけじゃないか!」

肩にかかった彼の手に驚き、アニーはテーブルまであとずさった。何か固い支えが必要だった。

「そのせいで泣いているんじゃないわ」しゃくりあげながら、いらだちをぶちまける。

「じゃあ、なんだ？」彼が近づいてきた。「アニー、お願いだ。さあ、教えてくれ」両手が彼女の肩をしっかりつかんだ。

思いやりにあふれた声をかけられ、アニーはブラントの顔を見ることができなかった。彼の反応を見なくてすむよう、目を閉じて打ち明ける。「赤ちゃんができたのよ」

しばらくして目を開けると、ブラントはあまりの衝撃に口がきけない状態だった。彼の視線がアニーの憔悴した表情や、青ざめた頬を流れる涙を探るように見つめる。彼は真顔で穏やかに言った。「そうだったのか」

いいえ、あなたは何もわかっていない。私がどんなに愛しているか、この結婚がどんなにかけがえのないものか。過去にとらわれているあなたは、ちっともわかっていないのよ！

「こんなことになって残念だわ。でも、そんなに気をつかっていたわけじゃないから、しかたないわね。始末しろなんて言わないでちょうだい。私がひとりで面倒を見るわ。あなたが欲しがらなくてもかまわない、私は欲しいの！」

アニーは乱暴に彼の腕を押しのけ、小さなガラス窓から外を眺めた。庭は自然のままの姿を見せていた。落ち葉の散るあざやかな秋の姿を。家のまわりに巡らされた古いいちいの生け垣のそこここに蜘蛛の巣が張られ、露がまばらについたさまは、まるで繊細なレースのようだ。

ブラントが優しく、けれど決然と彼女を向き直らせた。「なぜ僕が欲しがらないと思うんだ？」驚いた顔でため息をつく。

「これ以上縛られるのはいやでしょう？」

「きみだって僕に縛られている」

「私のことはいいの」アニーは鼻をぐすぐすいわせ、ティッシュはないかとポケットを探った。「私はかまわないのよ」そわそわとセーターの袖を引っ張る。「私はあなたと結婚していたいから」言ってしまった！　彼の意のままに、彼の自尊心の奴隷になる許可を与えてしまった！

ブラントは大股にキッチンを横切り、キッチンペーパーをとって戻ってきた。

「ほら」

アニーはありがたく紙を受けとり、鼻をかんだ。

ブラントは彼女が落ち着きをとり戻すのを待ってから、彼女の左手を優しくつかんだ。

「私の指輪！」薬指に細い金の指輪がはめられている。アニーは不思議そうに彼を見た。

「どこで見つけたの？」指輪から目が離せない。

「車の助手席の下に落ちていた。きのう空港で車を受けとって、後ろの座席に荷物を乗せるまで、気づかなかった」

「サービスエリアから戻ってきたとき、抜け落ちたのかしら。まだ手が濡れていたから。おかしいと思わない？　あなたはずっと私のものを、私はあなたのものを持っていたなんて」

「僕のもの？」ブラントは当惑し、結婚式の日に彼女からもらった太い男物の指輪に目を落とした。

「その、ナオミの指輪、いいえ、あなたとナオミの指輪よ」まるで私たちの赤ん坊のとり違え事件と同じだ。残酷で皮肉なとり違え。

「どういうことだ？」彼は眉をひそめている。

「彼女の指輪よ。あなたがなくなったと思って悲しんでいた、あの指輪よ。私は気にしないようにしたわ」

「気にしないって、何を？」アニーが離れていきそうになると、ブラントは彼女をシンクと自分の体のあいだに閉じこめた。

「あなたがまだ彼女を愛していることよ。私が二番手にすぎないということよ」

「アニー……」

「私は冷静になろうとしたし、自分に言い聞かせてきたわ、私はあなたの人生の伴侶に選ばれたわけではないと。いくら結婚していても――」

「アニー、アニー！　きみは知っていると思っていた。わかっていると。僕は決して……。

ああ、なんてことだ！　たやすくはないけど、そろそろきみにわかってもらう時期だ」

ブラントはわずかに首を傾け、彼女に居間へ行こうとうながした。

彼は何を言おうとしているの？　もちろん、私が冷静でなくてはいけないということだ。彼はかつて結婚していた。それを詫びるつもりはないと言った。彼にナオミを愛するのをやめさせることは期待できない。私がナオミの後釜に座ることも。彼にははっきりそれを言われたくない。

アニーはソファの端に腰を下ろした。

「ときどき僕は」部屋を行ったり来たりしながらブラントがきりだした。「愛する人がいるのに、ほかの女性と結婚したから、その罰をずっと受けているんだと思うことがある」

「ブラント――」やめて、と言いそうになった。彼が何を言いかけたにせよ、それを聞くのが耐えられなかった。

しかしブラントは手を上げてアニーを制した。言わせてくれ、とその手が訴えている。眉間のしわときつく結んだ口元が、その話が彼にとってどんなに苦痛か物語っていた。

「ナオミと僕は長いあいだつきあっていた。僕らには激しい、抑えのきかない感情はなかった。気楽で、あっさりした、快適な仲だった。僕はナオミになんの約束もしなかったし、彼女もそうだった。それが彼女の求めていることだと思ったから。彼女の気持ちを、あるいは自分の気持ちを疑ったことはなかった。そんなとき、きみに出会った。きみはマドックスと一緒だった。それなのに、僕たちのあいだには激しいものが燃えあがった。きみを自分のものにできないのはわかっていたけど、あのときの興奮があることを確信させた。ナオミと分かちあっているものでは充分じゃないと」

アニーは顔をしかめて視線を上げた。彼は何を言おうとしているの？

「僕らはいつものように週末に遠出した。僕は関係を終わりにしようとナオミに切りだした。どうにもならないことを続けるのはお互いにとってよくないと。彼女は平気な様子だった。ちょっと冷静すぎるくらいだった。彼女がフィレンツェからとり寄せたあの美しい冷たいブロンズ像のように」

あの像を見ると彼女を思い出すとブラントが言ったのは、そういうわけだったのだ。

「今にして思えば、あれはすべて演技だったのかもしれない。ナオミは僕が望んでいると思って冷静にふるまったのかもしれない。僕らは昔のよしみで愛を交わした。〝昔のよしみで〟というのは彼女の言葉だよ」そっけない口調だった。「そんなことまで話したくなかったんだが、こうなったら言っておいたほうがいい。僕らはいつものように別れた。気楽な恋人として。節度ある友人として。ただし、今度は決定的な別れだ」

アニーは熱心に耳を傾けていた。

「一カ月あまりして、僕はパーティできみに会った。マドックスはそばにいなかった。失恋の痛手を受けた反動だったのは知っているけど、きみが僕に言い寄ってきたときは、本当にびっくりした。ショックだったよ。でも、いい気分にもなった。きみと関係を持つような時期ではないとわかっていたが、きみはあまりにもすてきだった。ベッドをともにしたかったし、人生をともにしたかった。きみを失うのがひどく怖かった。失恋したばかりのきみにつけこんだのは認める」

ブラントの告白はなおも続いた。

「でも翌朝目が覚めると、きみはいなかった。月曜の朝オフィスに電話して、きみがすでに会社を辞め、外国に行ったと知らされた。信じられなかった。まるで平手打ちを食らったようだった。僕は愚かだったと自分に言い聞かせた。若い娘と楽しい夜を過ごしただけだと思おうとしたが、そうじゃないのはわかっていた。きみほど興味をそそられた女性はそれまでいなかったんだ。僕は自分が三十二歳の大人で、大きな会社の経営者なんだと自分を励ました。どんなに時間がかかろうと、きみが戻ってくるのを待とう、僕らは正しかったんだとわからせて、ちゃんとプロポーズしようと決めていた」

そこで彼は少し間をおいた。

「ところが一週間後、ナオミから至急会いたいと電話があった。深刻そうな声だった。急いで自宅に行くと、彼女はひどくとり乱していて、妊娠したと言った。ピルをのんでいたから、これまでそんなことはなかったのにと。僕は現実を直視したくなかったが、そういうわけにはいかなかった。僕の子供なんだ。彼女と同じように、僕にも責任がある。彼女はそう言いながら泣いていた」

私があのキッチンで泣いていたのと同じだ、とアニーは思った。

「僕はナオミが結婚を望んでいるとは思わなかった。僕を愛しているとは思ってもいなかったんだ。でも彼女は洗いざらい打ち明けた。僕にはねつけられるのを恐れて、結婚なんかどうでもいいというふりをしていたらしい。自立した強い女性だと思われているかもしれないが、ひとりでは子供を育てられないと。それから数週間して、僕らは結婚した。僕は精いっぱい努力した。あとになって、ナオミがあんなに弱々しかったのも演技だとわかった。結婚して数カ月後、僕が彼女に興味をなくしているのに気づいて、妊娠するのが目的でピルをのむのをやめたと言われたんだ。彼女と別れたあの週末に妊娠したとわかって、唖然（あぜん）としたよ」

ナオミは結婚するためにブラントを罠（わな）にはめたのだ。アニーは彼に同情した。とはいえ、彼を失うのを恐れるあまり、それほどがむしゃらな行動に出た女性がひどく哀れに思えた。

「僕はむしょうに腹が立った。傷ついたし、裏切られた気がした。だがナオミはショーンを抱くこともなく、命を落とした」

そしてとり違え事件が起こったのだ。

「ナオミが死んだとき、僕は自分のせいだと思った。僕がきみに激しい思いを寄せたからだと。赤ん坊のとり違え事件があって、僕の息子がきみのもとにいると知らされたとき、なんだか罰を受けているような気がした。それもきみに再会するまでだった。僕はきみを抱きしめ、慰め、話を聞いてきみの苦痛を分かちあいたかった」ブラントは彼女のそばに近づき、体を引き寄せてささやいた。「きみがたまらなく必要だった」

アニーは喜びの吐息をもらした。彼の体は温かくてたくましく、なつかしい匂いがする。

「でも、あなたは一度も気持ちを打ち明けてくれなかったわ」彼が愛の告白をしたことが信じられなかった。これがすべて夢だったらどうしよう。

「あまりにめまぐるしい展開だったから、打ち明けても信じてもらえるとは思わなかったんだ。それに、きみはまだマドックスのことを思っているんじゃないかと不安で。きみが恐れをなして逃げるようなことはしたくなかった」

「結婚してからも、愛していると言われたことはないわ。私はあなたがいまだにナオミを愛しているんだと思ったのよ。私と結婚したのは、子供たちのために便宜上都合がいいからだって。あなたがそう言ったもの」

「そうかな?」ブラントは自嘲ぎみに目をくるりとまわした。「ああ、アニー」彼の顔は今では優しいぬくもりで輝いている。「マドックスはきみの自尊心をそこまで打ち砕いてしまったのか。僕は子供たちのためだと言ってきみに結婚を迫ったけど、きみが成熟した関係に身を置く前に、思いやりや理解が必要だと思った。きみを失う危険は冒したくなかったんだ。愛しているよ」ブラントはようやく深呼吸をした。「わかるだろう?」

もちろんアニーにはわかった。彼の目に、声に、そして二人を包みこんでいる欲望にも愛があふれている。「なぜもっと早く話してくれなかったの?」

「ナオミは僕の息子の——ショーンの母親だ。彼女について好ましくないことは言いたくなかった」

「そうね」そこでふと思い出してアニーは顔をしかめた。「だから彼女の指輪が盗まれたと思って、あんなにうろたえたのね? また罰を受けたと思ったから?」

なぜか彼は笑い声をあげた。「そうか、何もかもあの指輪から始まったのか。いや、違う! あの指輪は僕らの結婚の象徴じゃない。あれは彼女の祖母の形見だった。ナオミは幼いころ孤児になり、あの指輪は彼女にとって唯一の家族の遺品なんだ。彼女は自分と家族を結びつけるたったひとつの品として、指輪を大事にしていた。僕はジャックのために——ショーンが彼女の子供だとわかってからはショーンのために、指輪が欲しかった。それだけが母親の家族の遺品として与えられるものだから」

「私はてっきり……」

「ああ、きみがどう思っていたか、今はわかるよ」ブラントは優しく彼女の左手をとり、たくましい親指で繊細な指輪を撫でた。「僕のほうこそ、きみが指輪をなくしても気にしていないから、不安でたまらなかった」

「気にしていたわ! あのサービスエリアまで行ったんだから。あなたは私が気にしていないと思って、指輪を見つけたことを黙っていたの?」

「しようがないだろう。僕はきみが無理やり僕と結婚させられたと思ってるんじゃないかと不安だったんだ。母にもとがめられた」

アニーは書斎から聞こえた会話を思い出した。

「母にはきみがどんなに不幸かわかったんだろう」

「私は不幸じゃなかったわ、あなたと一緒にいるかぎり。いつも二番手だと感じていただけで。でも、あなたと一緒にいたいのよ。あなたが来いと言ったら、子供たちを連れてスイスまで行ったわ。そう言ってほしくてたまらなかった」

「ああ、アニー。僕らはなんてばかだったんだ」

ようやくアニーの顔に笑みが浮かんだ。「そうね。でも、ブラント、再出発できるわよね?」

「ああ、アニー……」彼はまだ平らな彼女のおなかに目をやった。「ここまで頑張ってきたんだ、このままいけば、じきにフットサルのチームがつくれそうだ」

「せっかちね! 三人で手いっぱいよ。でも、そうね、それもいいかも」アニーはいたずらっぽく目を輝かせた。「ただし、子供たちの母親が誰かの身代わりだと感じなければ」

「きみはそんなふうに感じていたのか?」

「ええ、フランスから戻ってきて、あなたの結婚を知ったときからずっと。あなたがナオミと結婚したと聞いて、ジャックはあなたの子だと言えなくなってしまった。あなたは彼女に真剣で、私は単なる慰み者なんだと思ったもの。あなたと初めて会ったのはウォレンと出かけた会議の場だった。あのときは彼が好きだったけど、あなたが私を見た瞬間から、その思いに疑いを感じはじめたの。私はウォレンに傷つけられ、あの夜のパーティでは屈辱を受けた。でも、あなたと愛を交わしたあとは、彼のことなんか、もうなんとも思っていなかった。私の頭のなかはあなただけだった。あれから何日も、何週間も。それからあなたの子をおなかに宿していることを知って……。ああ、愛しているわ」

アニーは手を伸ばし、髭で少しざらついた力強い顎をさすった。

ブラントは彼女の唇の端にそっとキスをした。あまりに優しいキスに、アニーは感激で胸がいっぱいになった。はなをすすって涙をこらえ、手のなかのくしゃくしゃに丸まったティッシュを見下ろす。

「ちょっと待って」涙声で笑うと、アニーはキッチンに駆けこみ、ペーパータオルを引っ張った。ロールがぐるぐるまわり、かわいらしい模様のついたペーパーがどんどん解き放たれていく。

ブラントのたくましい腕が、まわりつづけるロールを止めた。

「相変わらず、どじだな」ブラントはほほ笑み、ため息をつきながらペーパーを引きちぎった。

「そうね」アニーは大量の紙に顔をうずめた。「自分の赤ん坊をとり違えられても気づかなかったくらいだもの」

ブラントはそっと笑い声をもらし、彼女に腕をまわした。「それは、僕ときみを引きあわせるために神さまが考えた運命だったのさ」

「まあ、ブラント……」

「もう泣くのはやめてくれ」

アニーは黒い髪を揺らし、涙の光る目で彼に笑いかけた。「ベッドへ連れていって」彼女の声はあふれる感情でかすれていた。

それから数時間後。アニーはマホガニー製のベッドに横たわり、ブラントの肘のくぼみに頭をのせて残念そうにつぶやいた。「そろそろ家に帰らなくちゃ」

「二人でね。これからは絶対に必要でないかぎり、きみを目の届かないところには行かせないよ」ブラントは片方の肘をついて身を起こし、愛の行為の甘い余韻に頬を染めた彼女を見下ろした。「向こうの家では、きみは幸せじゃないんだろう?」

「あなたと一緒なら幸せよ」アニーは彼の生活様式に適応しようと誓った。「上品で堅苦しいものに囲まれて、落ち着かないだけ」弁解がましくほほ笑むと、ブラントが顔を下げて彼女の鼻に優しくキスをした。

「きみらしくないんだろう。だからきみをここへ連れてきたんだ。きみの天真爛漫な性格には、こっちのほうが似合うと思って。僕はきみのその性格が損なわれていくのを見たくなかった。きみが明るいへまをいろいろやってくれたおかげで、僕の家がどんなに温かみがないか気づかされた。なにもあそこで暮らす必要はない。あの家は売ってもいいんだ」

話しながら、ブラントはすでに計画を立てていた。「母は友人の多いシュロップシャーに越したがっている。僕らはどこにでも住める。きみがそうしたいなら、ここだってかまわない」

「本当？　ああ、ブラント！」アニーは彼に抱きつき、男らしい匂いのするなめらかな肩に顔を押しつけた。「ここは壁もまっすぐじゃないし、家のなかも庭みたいだから、私にずっと合ってるわ。誰かが床に赤かぶを落としても大丈夫だし」

「本当だ。きみにお似合いだ」彼はくすくす笑ったが、すぐに深刻な表情になった。「でも、そういうことじゃない。この家が気どりがなくて、来る人を歓迎しているからだ。それこそきみらしいし、僕にはないものだ。だからゆうべ、僕はここに来た。きみとのあいだにあったものをとり戻すために。あるいは自分を戒めるためかもしれない」

アニーはため息をつき、うなずいた。自分を抱くブラントの腕に力がこもった。彼女も同じ理由でここに来たことを彼もわかっているのだ。

「きみを幸せにするよ、アニー。努力する」ブラントがつぶやく。「きみをこんなに愛している男と生きていくのがいやでなければ」

「あなたがこんなに失敗ばかりする妻と生きていくのがいやじゃなければね」

「笑いとスリルに満ちた楽しい人生になりそうだ。きみの失敗に罰を課してもいいと約束してくれるなら、なおさらいいんだけど」

「罰って、どんな?」アニーは体の奥からふたたび熱い欲望がわいてくるのを感じた。

「そうだな、こんなこととか……」唇が彼女の首筋を愛撫する。「それから、こんなこととか……」今度は肩を愛撫する。

「だったら……」アニーの茶色の瞳がちゃめっけたっぷりに輝いた。「告白しなくちゃ。あなたの大好きなシャツをオレンジ色に染めてしまったの。正確に言うと、オレンジ色のまだらに。それから、グレーのスーツを猫がひっかいたわ。それと、本棚に入ったきれいな装丁の百科事典はあなたのお気に入りだったわよね?」

アニーは次々と失敗を並べたて、挑発とお仕置きのゲームをあおった。ブラントはそれを知りながら応えている。そう、彼はいつも応えてくれる。彼の欲望が押し寄せてくるのがわかった。

「失敗をしでかすたびに教えてくれれば、そのつど対応できたのに。今となっては……全部まとめてお仕置きをしなきゃいけないな」

「それから?」アニーがささやく。

「ロンドンに戻るのさ。きみのフラットと一緒にあの家を売りに出す。それから子供たちと怒りん坊の猫をまとめて、わが家に連れて帰る」

わが家！　ブラントの愛撫を受けながら、アニーはゆがんだ天井に目をやり、小川のせせらぎを聞いた。秋の日差しが部屋の壁を金色に染めている。この家にはいつまでも感謝するだろう。二人はここでお互いの気持ちを知り、本当の家を、美しい未来を手に入れたのだ。

ひんやりしてきた空気のなかで、この古い家はほっとため息をついたようだった。

ありがとう。アニーは唇だけ動かして感謝を伝えると、燃えるような情熱に身をゆだねた。

●本書は2005年12月に小社より刊行された作品を文庫化したものです。

すれ違い、めぐりあい
2025年3月1日発行　第1刷

著　者　エリザベス・パワー

訳　者　鈴木けい（すずき　けい）

発行人　鈴木幸辰

発行所　株式会社ハーパーコリンズ・ジャパン
東京都千代田区大手町1-5-1
04-2951-2000（注文）
0570-008091（読者サービス係）

印刷・製本　中央精版印刷株式会社

Printed in Japan © K.K. HarperCollins Japan 2025 ISBN978-4-596-72487-8

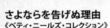